El señor Anrumarrieta

José Mármol

Imposible es que Dios cuando hizo al hombre no estuviese de malísimo humor, y de peor ganas de hacerlo; puesto que nada ha salido de sus divinas manos, ni más mal hecho, ni de condiciones más opuestas y contradictorias.

¡Ah! ¡Quién fuera un ciudadano notable y no un pobre ciudadano de ninguna parte como soy yo, para tener el placer de no hacer nada, el mayor de los placeres de este mundo!, me digo a veces, cuando tengo por delante de mí media resma de papel que está pidiendo a gritos el dejar de ser blanco, deseo que no es muy común a las cosas de este color.

¡Ah! ¡Quién fuera abastecedor o cosa parecida, para ser rico y tener el derecho de no recibir a nadie cuando me diese la gana, y poder solo mi alma escribir a mis anchas cuando me acosa la manía de hacerlo!, me digo otras veces.

Y era ayer uno de esos días en que más deseo estar solo y conversar conmigo mismo, para luego conversar con el público, que es lo mismo que no conversar con nadie, cuando unos golpecitos dados con un bastón sobre la puerta me hicieron estremecer cual si tuviese yo la nerviosa organización de don Manuel Oribe, y los golpes sobre mi puerta combinasen los dos sonidos Gar-zón.

-¡Adelante! -dije, ya que tenía la desgracia de no poder decir ¡atrás!, ni más ni menos que lo que le pasó a la Inglaterra con la intervención francesa en 1845.

La puerta se abrió, y toda ella quedó cerrada al momento con el volumen de una cosa que me habría parecido una montaña a no tener todas las apariencias de un hombre.

-¿Es usted el señor...? -me preguntó, con el sombrero en una mano y una carta en la otra.

-Un servidor de usted -le contesté, empinándome cuanto pude para alcanzar al pecho de ese hombre, al parecer nacido de varias madres, pues que una sola era poca cosa para semejante vástago.

-Tengo el honor -continuó- de presentar a usted esta carta que traigo de Madrid.

-Tenga usted a bien tomar asiento -le dije, tomando la carta y presentándole la más vieja de mis sillas a fin de que el daño fuera menor si la quebraba.

Abrí la carta y leí en ella lo siguiente:

«Madrid, 22 de enero de 1851.

»Mi querido amigo: el portador de ésta es el señor don Francisco Anrumarrieta, persona de gran capacidad, y que pasa a ésa con el objeto de hacer algunos estudios políticos sobre las diversas cuestiones que allí se tratan. Yo me hago un deber en recomendárselo a usted como a persona competente para darle los informes que él necesite acaso para el objeto que lo lleva; y sin más, me repito como siempre affmo. amigo Q. B. S. M.

»Alejandro».

-¡Ah! Yo seré muy feliz, señor mío, si puedo ser a usted útil en alguna cosa -dije al recomendado de mi amigo, a quien en los secretos de mi pensamiento lo eché a todos los diablos por la maldita ocurrencia de recomendarme un hombre que traía por objeto de viaje el peor de cuantos son posibles concebirse en humana cabeza.

-Doy a usted las gracias -me respondió.

-¿Usted viene a hacer estudios políticos?

-Justamente. En España se conocen muy poco los progresos de sus antiguas Indias, y pienso hacer un prolijo estudio sobre su estado actual, en política especialmente, comenzando por esta región meridional. Quiero además respirar un poco el aire de la libertad americana; porque ha de saber usted que yo soy de Bilbao.

-Ya, ya, por el apellido me lo imaginaba.

-De una tierra cuyos derechos han sido siempre sagrados, jamás ultrajados por nadie, y yo amo la libertad como todos mis compatriotas.

-¡Ah! Y viene usted al Río de la Plata a gozar un poco de nuestra libertad y nuestros derechos, ¿no es eso?

-Exactamente.

-(Ya verás lo que te pasa) -dije entre mí-. ¿Y a hacer estudios políticos?

-Esa es mi idea.

-¡Alabado sea Dios!

-¿Decía usted?

-Decía que es un estudio muy complicado.

-Sobre todo, las cuestiones internacionales son mi fuerte; y según tengo entendido, son las que sobran por estos países.

-¡Ah!, sí, señor, sobran.

-¡Y complicadas!, ¿eh?

-Complicadísimas. ¡Qué! Vea usted, a veces ni entenderlas podemos.

-¡Superior!

-¿Cómo?

-Que así podré tener la gloria de encontrar dificultades y poder explicarlas.

-¡Oh! Nos haría usted un grandísimo servicio.

-Que no me costará mucho, sin vanidad; he hecho largos estudios en Europa sobre estas materias.

-¿Sobre las del Río de la Plata?

-No, señor, sobre las de Europa; pero los principios son universales, ¿no digo bien?

-Ya, sí, señor, pero nosotros no hacemos parte del universo.

-¿Qué dice usted, hombre de Dios?

-Nada, señor, es una figura.

-¡Ah! Una figura.

-Pues.

-Y mire usted -continuó el bilbaíno-, estoy tan habituado a estos asuntos que a pesar de hacer apenas quince días que estoy en Montevideo, ya creo reconocer algo de todo lo que pasa en política, en política internacional, bien entendido.

-¿Es posible?

-¡Toma! Reduciendo a sus términos simples, o a los principios generales, como se dice, en el Río de la Plata existe una intervención de la Francia.

-Eso mismo me digo yo algunas veces; pero es admirable cómo en tan poco tiempo ha podido usted comprenderlo.

-Me ha costado tr, pero al fin he sacado en limpio que aquí existe una intervención francesa a favor del gobierno de Buenos Aires.

-¡No, hombre, por amor de Dios! Se ha equivocado usted, la intervención, si existe, es a favor del gobierno de Montevideo.

-¡Sí! ¡A mí con esas! Al español, mi amigo, pan, pan, vino, vino.

-Jesús, señor, si usted está en error. Si usted no sabe la historia de...

-¡Sí, historias! ¡Que me vengan a mí con historias! Yo he de decir la verdad. Sí, señor, la verdad; porque soy de Bilbao, ¿entiende usted?

-Sí, señor, entiendo. (¡Santa Bárbara bendita! -dije entre mí-, este hombre está de atarlo, y si le contradigo me revienta sin poder evitarlo). Pues, señor, yo le decía a usted... -continué con el tono más amable del mundo.

-Me decía usted lo que no es cierto, porque yo sé muy bien lo que digo, y yo ya he visto, ya he estudiado, ¿me entiende usted?

-Sí, señor, pues no he de entender. Pero si usted se tomase el tr de leer todos estos documentos... -le dije, señalándole un legajo de impresos y manuscritos.

-Con mucho gusto. ¡Superior! Documentos es lo que yo busco.

-¡Pues! Y a fe que no son pocos los que le ofrezco a usted.

-No importa. Me los devoro en diez o doce noches.

-Algo más.

-No importa.

-Se los llevaré a usted a su casa.

-¡Qué! Yo me los llevo. Yo soy republicano de conciencia, y a fe que usted será lo mismo, ¿no es verdad?

-¿Yo? ¡Toma! Pues no he de serlo, la república es lo que hay.

-Sobre todo, para la libertad.

-Eso es, para libertad no hay cosa como la república; y si no lo creen en Europa, aquí estamos nosotros para atestiguarlo.

-Lo mismo digo yo. Y verá usted cuando se ratifiquen las convenciones y entre el general Oribe, si hay en el mundo países más felices que los del Río de la Plata. Porque yo no tengo pelos en la lengua, y ha de saber usted que yo soy oribista.

-Hombre, cuánto me alegro, al cabo he encontrado un hombre que tenga mi misma franqueza y mis mismas opiniones.

-¿Cómo, usted es oribista, señor redactor?

-Sí, señor, pero no lo repita usted. Esto es para entre los dos, para que nos entendamos mejor en adelante.

-¡Vaya! ¡Vaya! No podía tener un hallazgo mejor. Y ahora que estamos de acuerdo en opiniones, dígame usted, compañero, ¿no encuentra usted que estos brasileros...?

-¡Qué! Ya sé lo que me va usted a decir.

-¿Entonces usted cree?

-Yo creo que el titulado emperador está perdido.

-Sí, pero el ejército no es titulado.

-Es cierto. Pero hay toda probabilidad de que el ejército se pase al presidente.

-Bien, bien, ¿por el principio republicano, no es esto?

-Por supuesto. ¿Qué diablo de libertad cree usted que haya en una monarquía?

-Ahora comprendo: todas las Indias quieren libertad -exclamó el bilbaíno-, el ejército imperial se pasa al presidente, el presidente se pasa a Rosas, Rosas se pasa a la libertad y asunto concluido.

-Esa es la cosa.

-Pero dígame usted, ¿y la escuadra?

-¡Bah! ¡La escuadra!

-¡Que bah ni que bah! Ha entrado al Uruguay.

-Sí, pero el presidente le mandó decir que no entrara.

-Pues entró.

-Sí, pero el presidente protestó.

-Pero pasó adelante.

-Sí, pero se ha dado por nula la pasada.

-¿Cómo por nula?

-Sí, hombre: titulada pasada, del titulado vapor Don Alfonso, ¿entiende usted? Es preciso que usted se vaya habituando a nuestro lenguaje, porque sepa usted que cada palabra de él, es una parte integrante de nuestro sistema político.

-¡Ah! ¡Bien, bien!

-Pasó y no pasó; es y no es, ¿entiende usted?

-¡Toma! Si eso es lo que se llama sutileza de ingenio, y para esto, mi amigo americano, los españoles y nadie más que los españoles.

-De suerte que, quedamos convenidos: usted me explicará lo que es la intervención, y yo le explicaré a usted nuestros asuntos de tierra, no es eso?

-Exactamente; y cada semana tendremos una conferencia para instruirnos mutuamente.

-(¡Superior! -dije yo para mí mismo-: me hago blanquillo, que es lo mismo que no hacerse nada, me divierto y acabo de enloquecer a mi bilbaíno. ¡Superior!).

-¿Conque, entonces, una vez por semana? -continué.

-Eso es; en los días intermedios estudio la cuestión internacional, y tendremos conclusiones cada jueves, o cada viernes.

-Convenido.

-Quiero al mismo tiempo que me enseñe usted la línea de fortificaciones, porque yo tengo también un poco de ingeniero; quiero estudiar todo.

-Excelente idea.

-Y, sobre todo, quiero una cosa.

-Veamos.

-Que me explique usted de qué modo estableceríamos una línea de comunicación con el Cerrito, para poder adquirir algunos informes necesarios a los estudios que me propongo hacer.

-¡Ah, mi querido señor Anrumarrieta, eso lo saben hasta los niños de nuestro partido! Aquí no se pestañea sin que lo sepa el presidente.

-¡Bravo! Y aquí se sabe lo mismo de cuanto pasa allá, ¿no es así?

-No, señor, no es así. Nuestros enemigos de aquí adentro no saben siquiera a punto fijo si nuestro presidente vive o muere, si ha salido de campaña o si está en su casa. ¡Si viera usted los chascos que se llevan!

-¡Superior! Quiere decir entonces que...

-Que nos veremos la semana que viene, ¿no es así?

-Justamente: hasta la semana que viene, pues.

-Muy buen día, amigo mío; tiene usted esta casa a su disposición, con franqueza, a todas horas, ni más ni menos que si mi casa fuera Montevideo, y usted fuese carta del campo de nuestro presidente.

-Lo mismo digo usted, señor redactor: yo vivo en la Fonda del Vapor; usted puede ir allá y estarse en mi cuarto todo el tiempo que quiera, como si mi cuarto fuese la Constitución, y usted fuese un agente de Rosas.

-Mil gracias, mil gracias, mañana he de ir allá, como dice el presidente todas las mañanas al mirar a Montevideo.

-Yo espero a usted como dicen nuestros amigos de aquí a los de allá...

Y mi recomendado se me escapó, a pesar de todo su volumen, con tanta presteza como si fuera hijo de la intervención británica, después de haberme hecho decir tanta herejía política como si yo hiciera parte de la intervención francesa.

(La Semana, n.º 12, julio 7 de 1851, pp. 135-138)

Segunda visita

Dicho y hecho: mi bilbaíno se presentó en mi casa el sábado a las doce, como me lo tenía ofrecido; y se presentó con un gran rollo de papeles en la mano.

Felizmente yo estaba de buen humor, pues acababa de leer El Defensor, nuestro vecino.

-Mi amigo -me dijo mi recomendado al entrar-, mi reputación está hecha y se la debo a usted.

-Vamos, señor, nada de cumplimientos; franqueza y cordialidad, como si usted fuera Mr. Palmerston y yo Luis Napoleón. ¿Qué es lo que hay?

-Que debo a los documentos que usted me ha dado -me contestó- los descubrimientos más importantes y el primer capítulo de mi obra.

-Lo celebro en el alma, señor Anrumarrieta. Pero lo que a mí me admira es ver cómo en tan poco tiempo hace usted tantas cosas. Porque, mi querido, francamente: en eso de los descubrimientos, los españoles han sido siempre los primeros y los últimos; antes que nadie descubrieron América, y en el pequeño espacio de trescientos años no tuvieron tiempo para descubrir lo que ella valía; descubrieron la tierra y se olvidaron de los ríos, descubrieron el oro y se olvidaron de los hombres; descubrieron el presente y se olvidaron del porvenir.

-¡Bah! ¡Esos eran efectos del antiguo régimen! Pero ahora, y sobre todo los bilbaínos, véame usted a mí: nueve días ha que me prestó usted los documentos, ¿no es eso?

-Sí, señor, nueve días.

-Pues bien, repito a usted que ese tiempo me ha bastado para hacer grandes descubrimientos y para escribir el primer capítulo de mi obra histórica.

-Pero ¿de qué descubrimientos me habla usted?

-Están consignados en la obra; voy a leerle a usted el primer capítulo.

-¡Hombre, por Dios! ¿No sería mejor esperar a que la obra se concluyera?

-Bien, bien, no leeré el primer capítulo; leeré el plan, el esqueleto de la obra, ¿le parece a usted bien?

-Ah, el esqueleto es otra cosa, a estar en él hace mucho tiempo que estamos habituados por acá.

-Vaya pues, pero quisiera que no nos interrumpieran.

-¡José!

-¿Señor?

-Que no estoy en casa.

-¿Aunque lo oigan a su merced?

-Aunque me oigan; que yo no soy menos que Rosas, y los que me busquen no han de ser más que los enviados de Francia y de Inglaterra.

-Oiga usted, pues -dijo mi amigo, desenvolviendo su manuscrito.

-Oigo, pero, espere usted; con la misma franqueza que le he prestado a usted mi colección de documentos y mis apuntes, usted me dejará sacar copia de lo que me lea; yo soy taquígrafo, y usted no tiene más que ir leyendo.

-Convenido, leo pues:

HISTORIA MONUMENTAL

DE LA

INTERVENCIÓN COMPUESTA Y DE LA INTERVENCIÓN SIMPLE

EN EL

RÍO DE LA PLATA

O SEA

EXAMEN

DE LAS

CUESTIONES SUPERVINIENTES A LA NO INTERVENCIÓN DE LA FRANCIA, Y

A LA INTERVENCIÓN DE LA INGLATERRA ENTRE LA FRANCIA

Y EL GOBIERNO DE ROSAS;

CON ALGUNAS OBSERVACIONES

SOBRE EL PROGRESO DE LA POLÍTICA ANGLO-FRANCESA EN LAS COMARCAS

MERIDIONALES DE LA AMÉRICA:

OBRA ESCRITA

POR EL SEÑOR D. FRANCISCO ANRUMARRIETA

NATURAL DE BILBAO

PLAN DE LA OBRA

PARTE PRIMERA

De cómo la Inglaterra se la pega a la Francia, y de cómo la Francia se la deja pegar.

CAPÍTULO PRIMERO

Donde se demuestra que la Inglaterra conoció primero que la Francia, que la invasión de 1843, violando lo estipulado en la Convención de 29 de octubre de 1840, y dando origen al armamento de los residentes franceses en Montevideo, iba a ser causa de que la Francia interviniese en la cuestión del Plata.

Cómo antes que la Francia, la Inglaterra calculó las ventajas futuras que de su intervención reportaría aquella, y la influencia mercantil y política que la Francia ganaría en estos países obrando en sentido del movimiento progresista y liberal que la llamaba en su auxilio.

CAPÍTULO TERCERO

Cómo la Inglaterra aceleró la intervención francesa, declarándose con derechos y deberes para hacer parte en ella; arrastrando de este modo a la Francia a asociarse a la Inglaterra en una cuestión que era toda de interés francés, para de esta manera, o estorbar que la Francia sacase todo el partido que podía esperar de esta cuestión, o partir con ella las ventajas que reportase.

Fin de la parte primera

-¡Hombre, es usted el diablo!

-¡Bah! -exclamó el señor Anrumarrieta meneando su inmensa cabeza, y levantando sus hombros que podrían sostener hasta un mensaje de Rosas-, aquí no me creerán porque ustedes no entienden de estas cosas, pero me creerán en Europa que es para quien yo escribo.

-(Vas fresco) ¿Quiere usted hacerme el obsequio de continuar?

-Escriba usted.

-Escribo.

PARTE SEGUNDA

De cómo la Inglaterra se comió la breva mientras la Francia se chupó el dedo.

CAPÍTULO PRIMERO

Donde se demuestra el modo como la Inglaterra quiso cortar la complicación seria de los asuntos después de las escenas del Paraná, haciendo a Rosas y a Oribe, por medio de Mr. Hood, proposiciones cuya tendencia era la de dejar las cosas en el mismo estado en el que antes estaban, buscando el que la Francia perdiese las ventajas que habría de sacar si la intervención cumplía con los hechos sus declaraciones escritas.

CAPÍTULO SEGUNDO

Cómo la Inglaterra, una vez que consiguió parar la acción de la intervención armada, y que hubo reducido a la Francia y comprometídola en el camino de la diplomacia, se despidió a vapor y dejó a su aliada enredada en las transacciones pacíficas, haciéndola perder influencia y prestigio en estos países, mientras dejaba en Rosas el poder moral de una resistencia fácil.

CAPÍTULO TERCERO

Donde se ve cómo la Inglaterra buscó en la amistad con Rosas todo cuanto la Francia había perdido en la República Argentina, mientras que al mismo tiempo hacía declinar su influencia en el Estado Oriental por la inacción a que dejaba reducida la intervención francesa que lo protegía, aniquilando así el prestigio y la acción de la política francesa en las dos repúblicas, en tanto que la Inglaterra desenvolvía la suya, libremente y en amistad con ambas.

Fin de la segunda parte

-Pero, señor Anrumarrieta, ¡por el amor de Dios! Si nada de esto es cierto. ¿Cómo cree usted que, si lo fuera, no lo habríamos sabido en tanto tiempo?

-¡Toma! Porque están ustedes muy atrasados, amigo mío; porque miran las cosas por la superficie; porque sólo estudian los grandes hechos por los detalles de ellos; porque no saben poner los cuadros a la distancia necesaria para ver su conjunto y sus verdaderas proporciones. ¡Qué diablo! Ustedes se contentan con decir que vino tal buque, que trajo tal noticia, que hubo tal sesión, que fulano dijo esto, que zutano le contestó lo otro, etc., etc. ¿Entiende usted?

-Sí, señor, entiendo. (No hay remedio, está loco, ¡mire venirnos a nosotros con esos embrollos!).

-¿Qué está usted refunfuñando, señor redactor?

-Decía, señor Anrumarrieta, que todo esto no puede ser verdad, porque si lo fuera no valdrían un comino ciertos diplomáticos que gozan de una gran reputación en este mundo de Dios.

-¡Bah! ¿Y recién lo sabe usted? Las formas diplomáticas, es una cosa que aprende con mucha facilidad; pero el fondo, la capacidad para esa ciencia, no la dan los títulos, los gobiernos, ni los libros, la da la naturaleza, amigo mío.

-¿Entonces la diplomacia se parece a la poesía?

-Exactamente.

-Hombre, ¿qué dice usted?

-Digo lo que digo, sí, señor; porque ambos talentos tienen en sí una fuerza adivinativa que relaciona inmediatamente a los hechos presentes las consecuencias ulteriores más remotas, y sobre todo una potencia de penetración tal que infiltra la mirada de la inteligencia en lo más profundo de los hechos que se le presentan; y ése es el verdadero talento del diplomático y del poeta, ¿entiende usted?

-Perfectamente (diablo, este hombre tiene momentos lúcidos). ¿Quiere usted dictarme la tercera parte de su obra?

-La tercera y la última, porque mi historia es dividida en tres partes.

-Me gusta.

-¿Cómo?

-Digo que me gusta, porque se parece a una comedia que yo conozco. ¿Conoce usted una comedia que han hecho los salvajes unitarios titulada la Época?

-No, señor.

-Pues se divide también en tres partes, y ochenta cuadros: parte 1.ª - el diablo, o sea Rosas. Parte 2.ª -el pecador que se lo lleva el diablo, o sea el pueblo. Parte 3.ª -el payaso que quiere imitar al diablo y se rompe la cabeza queriendo correr como él, o sea Oribe.

-¡Bah! ¡Qué disparates!

-Por supuesto, disparates. ¿Quiere usted dictarme la tercera parte?

-Escriba usted.

PARTE TERCERA

De cómo la Francia, no teniendo que hacer, se puso a jugar al gallo ciego.

CAPÍTULO PRIMERO

Donde se demuestra que, buscando la paz, vino la Francia en la misión Gros, y agarró a Oribe queriendo agarrar la paz, y tuvo que decir: éste no es.

CAPÍTULO SEGUNDO

Donde se ve cómo la Francia, buscando la paz, se abrazó de todos sus buques con que bloqueaba los puertos de Rosas y Oribe, los trajo al puerto de Montevideo, y vio que no eran la paz, y tuvo que decir: esto no es.

CAPÍTULO TERCERO

Cómo la Francia, buscando la paz, se abrazó de un papel que en 1850 le presentó Mr. Le-Prédour, y, después de apretarlo bien, se encontró que no era la paz, y tuvo que decir: éste no es.

CAPÍTULO CUARTO

Cómo la Francia, buscando la paz, se agarró de otra cosa que le presentó Mr. Le-Prédour en 1851, y cómo el presidente Luis Napoleón empezó a gritar: ¡aquí está!, ¡aquí está!, y abrazó a Rosas por abrazar la paz.

Fin de la tercera y última parte

Cada capítulo de la presente historia se divide en treinta artículos, con más un apéndice en que se observa que la verdadera intervención que ha existido en el Río de la Plata desde 1845 es la que interpuso la Inglaterra, entre la acción de la Francia y las resistencias de Rosas; conteniendo, además, un capítulo de notas adicionales sobre el retroceso que sufre de veinte años a esta parte la influencia política y mercantil de la Francia en la América Meridional, mientras que la Inglaterra trata de conquistar en esta región su influencia perdida en la América del Norte, para establecer así su equilibrio en el Nuevo Mundo: etc., etc.

Fin de la Historia Monumental

-(¿A que llego a creer que este hombre no está loco?)

-¿Decía usted? Parece que tiene usted la costumbre de hablar para que no lo entiendan.

-¡Ah, qué quiere usted! Esa es una costumbre nacional.

-Pues bien, ¿qué le parece a usted el plan?

-¿El plan? Oh, mire usted, yo tengo un horror innato por los planes. Cuando oigo hablar de un plan, ya digo para mí mismo: malo, la cosa está perdida. Pero hago una excepción con el plan de usted, me parece superior.

-Oh, mi amigo, y seré un verdadero héroe político cuando concluya mi obra.

-¡Santa Bárbara bendita! Hágame usted el favor, señor Anrumarrieta, yo soy más supersticioso que un escocés, y más fanático con mis preocupaciones que un español: le pido a usted por todos los santos del cielo, que jamás pronuncie delante de mí la palabra héroe.

-¿Está usted en su juicio, señor redactor?

-Sí, señor, estoy en mi juicio, lo que es una calamidad; razón por la cual tengo envidia muchas veces de nuestro presidente Oribe. Tengo juicio, y por eso la palabra héroe me causa un terror pánico: en estas mis tierras, señor Anrumarrieta, en cuanto un hombre se hace héroe, puede usted apostar cien contra uno a que se lo llevan los diablos, junto con todos los que contribuyeron a heroificarlo.

-¡Bah!, ¡bah! -y mi bilbaíno soltó una carcajada tal, que José abrió la puerta de mi cuarto creyendo que se había reventado la chimenea.

-Bien, bien -continuó el historiador-, no seré héroe, diré que si concluyo mi historia habré ganado la reputación de un sabio.

-¡Sabio! ¿Pero sabio europeo?

-Sabio en todo el mundo. La sabiduría es universal, amigo mío.

-Alto ahí, señor Anrumarrieta, ya le he dicho a usted otra vez que nosotros no hacemos parte del universo, y por eso nuestros sabios de por aquí me causan tanto miedo como nuestros héroes.

-Vaya, vaya, ¡está usted peleado con el género humano, señor redactor!

-No, señor, por el contrario, soy un hombre completamente pacífico e inofensivo; pero le aseguro a usted con toda la verdad de mi alma, que yo no conozco, en mi país o en otros, una sola barbaridad política que no sea obra de alguno de nuestros sabios; constitución que ha caído en sus manos; revolución en que han hecho parte; innovación que han querido introducir; cuestión que han tomado a su cargo, seguro, seguro como dos y dos son cuatro en Europa y como tres y tres son siete en América, que todo se lo ha llevado Barrabás, quedando siempre las cosas peores de lo que estaban. Pero dejemos eso y volvamos a la historia.

-Ese es mi deseo, sueño, delirio, con mi Historia Monumental.

-¿Ha escrito usted ya su primer capítulo?

-Algo, algo, ¿quiere usted oírlo?

-Hombre, ¡si no es muy largo!

-Bien, le leeré a usted el primer párrafo para que juzgue usted del estilo, porque ha de saber usted que el estilo es mi fuerte.

-Alabado sea Dios, ¡cómo se parecen los hijos a los padres!

-Quería usted decir...

-Que el estilo también es nuestro fuerte. Vea usted: ¡Constituciones! ¡Libertad de imprenta! ¡Elecciones! ¡Sistema representativo! ¡Responsabilidad ministerial! ¡Civilización! ¡Guerra de libertad! ¡Cultura! ¡Fraques, paltós y guantes blancos! Todo esto constituye el estilo de nuestra grande obra social, ¿entiende usted? ¡Pero el fondo de la obra es lo que hay que ver!... Vamos, dejemos esto también, ¿quiere usted leerme ese primer párrafo?

-Leo -dijo el bilbaíno echándose para atrás, irguiendo la cabeza, extendiendo el brazo y poniendo el papel en paralela con los ojos:

Parte 1.ª.

Capítulo 1.º.

Artículo 1.º.

«Los rayos abrillantados del rubicundo Apolo caían como hebras de fuego sobre la casta frente de América, dormida entre sus sábanas de olas en el año de 1845, a siete mil quinientas leguas de la Europa...».

-¡Fuego de Dios! ¿Qué ha escrito usted, hombre? ¡Siete mil y quinientas leguas!

-Bah, bah, ¿no he dicho a usted, amigo mío, que están atrasadísimos en estas Indias?

-El atrasado es usted, que no sabe una jota de geografía, ¡siete mil y quinientas leguas de la Europa!

-¡Pobre criatura! Cree usted que las distancias políticas se miden por la geografía? Antes de la independencia de estas Indias, la América estaba pared de por medio con la España y a veinte mil leguas del resto de la Europa; después de la guerra de la independencia, la España pasó a las veinte mil leguas, y el resto de la Europa se aproximó a la América casi a tocarse con las manos; y en los últimos veinte años, la Europa se ha ido retirando día por día de la América, y está hoy dos veces más allá de la distancia geográfica, ¿está usted?

-Medio estoy, prosiga usted.

-Prosigo:

«El ángel de la paz ya prometía sus abundantes frutos en las desoladas regiones del Plata, cuando se metieron en él, como por su casa, la intervención de la Inglaterra y de la Francia, y secaron de un soplo el cuerno de la abundancia que tenía aquel genio entre sus manos».

-¡Válgame Dios, señor Anrumarrieta! El estilo de la obra es superior, pero ¡cuántos errores, Dios mío!

-¡Errores!

-Sí, señor, errores. Si no había tal genio, ni tal cuerno cuando vino la intervención: lo que había era guerra y no paz, y para que cesara la guerra y tuviéramos paz, es que vino la intervención combinada.

-¡Ay, mi amigo! Usted habla como hablan los hombres de partido, y yo hablo como hablan los hombres que estudian los intereses generales de la humanidad y de los pueblos, y he ahí la razón por la que no nos entendemos.

-Sí, señor, todo eso será mucha verdad, pero no lo es el que la intervención nos haya traído males.

-Y grandísimos, señor redactor. La intervención no ha sido buena para ningún partido, y mala, malísima para los intereses generales de estos países. A la sombra de esta intervención indecisa y fluctuante siempre, la guerra se ha perpetuado, y con ella consumádose la devastación de este hermoso país. Suponga usted que el general Oribe hubiese triunfado desde 1843; que su gobierno hubiera sido el más despótico del mundo; suponga usted también que hasta esta fecha no hubieran podido romper los orientales las cadenas de ese despotismo; suponga usted todo esto, y dígame si a esta fecha se habrían secado tanto las fuentes naturales de la prosperidad de este país, como se han secado con la perpetuación de la guerra, alentada y sostenida por la intervención europea; y dígame también si ese gobierno habría costado al país más sangre, más ruina a la propiedad particular, más disolución a todos los vínculos de la sociabilidad oriental, que la sangre, ruina y disolución que ha visto el país por consecuencia de la intervención europea, que queriendo apagar un incendio no ha hecho otra cosa que estarle arrojando combustibles. Tome usted la cuestión por la parte argentina y dígame si Rosas entregado a la paz, si Rosas libre de ese flanco, que abría la intervención, de la susceptibilidad nacional, y sobre el cual ha trabajado tanto a favor de la conservación de su gobierno, habría conservádose con más poder moral que el que le ha dado una intervención que paso a paso ha ido retrocediendo delante de él y dejándole un triunfo sobre la Europa, cosa que envanece tanto a los pueblos americanos, y que naturalmente debía extender en la república el prestigio del vencedor: dígame usted, pues, si Rosas habría ganado tanto no habiendo aparecido la intervención europea, ya que no había de obrar con la energía necesaria.

-Sí, pero no ha tomado a Montevideo.

-¡Bah, pobres hombres! Rosas, mi amigo, no ha tenido jamás la intención de tomar a Montevideo, y la intervención vino a facilitarle su único deseo: Rosas quería la devastación del estado uruguayo, aniquilarle su industria, cortarle su progreso mercantil, parar la afluencia de las emigraciones, y hacer bandos parciales de sus hijos que se lanzasen unos contra otros para extinguirse mutuamente, aniquilando así la potencia natural del país; y la intervención que le facilitaba el prolongar la guerra; que daba ocasión a la permanencia de su ejército y de su influencia en este estado; la intervención que le distraía los pueblos argentinos al mismo tiempo, y le facilitaba triunfos con que hacerse héroe ante los ojos de ellos, ha sido para Rosas, en vez de un mal, una bendición del genio que lo protege... ¿Qué tal, me entiende usted?

-Mire usted, no diré que yo entiendo mucho lo que usted me dice, pero sí que a usted no le van a entender una palabra por estos barrios, y que cuando usted publique su obra hará muy bien en no venir por acá.

-¡Cómo! ¿Yo no podría decir estas verdades?

-¡Toma! Aquí hay una completa libertad de imprenta.

-¡Ah, ya decía yo! Esa es la razón por la que yo he venido a la América, quiero libertad, quiero república, ¿entiende usted?

-Sí señor, entiendo. (Ya le vuelve la manía).

-¿Quiere usted que continúe?

-Mire usted: convendremos en que me leerá la obra por partes, ni más ni menos que como ha leído el presidente Napoleón el Tratado Le-Prédour.

-Convenido: concluida la primera parte, se la traigo a usted.

-Así va bien, ése es el modo como hizo Mr. Le-Prédour su tratado: concluyó la primera parte en Buenos Aires, concluyó la segunda parte con el presidente, y se la fue a leer al señor gobernador. ¡Superior!

-Bien, bien, la concluiré dentro de un mes.

-Pero ¿antes de ese tiempo me verá usted?

-Por supuesto, hombre, la semana que viene probablemente; quiero que me haga conocer usted la ciudad y la línea.

-¿Aún no la ha visto usted?

-¡Qué! Si no salgo de mi casa. Estoy clavado en ella, como si mi casa fuera el Cerrito.

-Pues, amigo, eso es muy malo para la salud, yo salgo y voy y vengo y no hago nada, como si fuera negociador de la intervención.

-Conque entonces, mi querido, hasta más ver.

-Hasta más ver, mi querido señor Anrumarrieta, como si usted y yo fuéramos tratados de la intervención, que se despiden hoy y vuelven mañana.

-Si usted escribe a nuestros amigos de afuera, hágales saber mis buenas disposiciones hacia ellos.

-Así lo haré, pero mire usted que lo van a tener por negociador francés.

-No importa, yo me voy el día menos pensado.

-Entonces lo van a tomar por negociador inglés.

-No importa; buenos días.

-Muy buenos días, mi querido señor.

Y mi recomendado me dejó solo, reflexionando cómo era que en tan poco tiempo un hombre de Bilbao supiese las cosas mejor que nosotros mismos.

(La Semana, n.º 13, julio 14 de 1851, pp. 143-152)

Un paseo con el distinguido señor Anrumarrieta, y sus
consecuencias

Así como hay gobiernos y representantes de gobiernos que miran las cosas al revés, hay también predicadores que no las miran al derecho. Y era de estos últimos un buen cura que desde la cátedra del Espíritu Santo, donde por lo general no tienen espíritu ni santo ni mundano los que suben a ella, decía a sus oyentes, queriendo enseñarles ejemplos de bondad y sabiduría divinas: «¿Deseáis saber, hermanos míos, hasta dónde alcanza la previsión de Dios y su infinito cariño hacia nosotros? Pues observad que al lado de cada ciudad, de cada aldea, ha puesto un río o un arroyo para que sus aguas puedan satisfacer nuestra sed». Sin recordar el reverendo padre que Dios hizo los ríos y los arroyos antes que los hombres hicieran sus ciudades y sus aldeas.

Esto, ni más ni menos, me sucedió antiyer saliendo a la calle del brazo con el benemérito historiador don Francisco Anrumarrieta, natural de la libérrima villa de Bilbao; pues que al verme a su lado, él tan grande y yo tan chico, renegando iba yo contra la sobriedad de la naturaleza para conmigo, sin recordar que no era el trance en que me hallaba efecto de tal sobriedad, sino de que anduvo excesivamente pródiga con el bilbaíno, haciendo de tres o cuatro aparatos de hombre, en un día de buen humor, un pico del Aconcagua, o más bien una pirámide egipcia, con la forma de nuestro padre Adán.

¡De verse era la figura que hacía yo al lado del recomendado de mi amigo! No iba del brazo, como anda la gente natural; no señor, iba colgado de un brazo del bilbaíno, pues mi mano quedaba en paralela con la copa de mi sombrero; y por dos veces mi compañero me levantó del suelo como un bastón al hacer un saludo no sea quién, pues que de vergüenza ni veía, ni oía, ni sentía otra cosa que un malísimo humor, al verme que iba por las calles más públicas de Montevideo tan a remolque de mi hombre, como de la intervención inglesa la intervención francesa en 1845 por esas anchas calles del océano Atlántico.

Me era imposible seguir su paso de titán, y, colgado de su brazo, en puntas de pie corría, me afanaba, sudaba por alcanzarle, dándome todo esto más despecho cuanto que temblaba de que creyesen los paseantes que yo iba haciendo por la calle la parodia de don Manuel Oribe atado a los faldones de don Juan Manuel Rosas, y corriendo por esos mundos de Dios sin conseguir el ponerse en situación menos ridícula.

Felizmente pude tomar aliento en la plaza de la Constitución, donde parose mi hombre a medir, más bien con su mano que con la vista, las torres y los edificios que la cuadran.

-Que esta es Iglesia, no tengo duda -dijo después de haber mirado un rato la Matriz.

-¡Vaya con el descubrimiento! -le contesté-. Póngalo usted en su historia al lado del artículo 6.º de la Convención del señor Le-Prédour con Rosas, en que declara que la navegación del Paraná es navegación interior de la República.

-Sí; haga usted sátiras de mi historia, que ya verá, ya verá usted dentro de algunos días. Pero, hoy no hablemos de eso.

-Mejor sería que de eso hablásemos, porque al fin hoy no se cuentan sino historias; y hoy tengo yo un humor poco a propósito para novelas.

-Calma, señor redactor. Aquí nadie habla de novelas.

-Ya veremos.

-No perdamos tiempo. ¿Qué edificio es aquél?

-¿Aquél? Aquél es la arca.

-¿Cómo la arca?

-No estoy para repetir las cosas, señor Anrumarrieta: aquel edificio se llama el Cabildo, aun cuando no hay Cabildo ni cabildantes, como sucede en Buenos Aires; pero hay allí cárcel, que es lo mejor de este mundo; policía; que es lo peor; tribunales de justicia, a quienes el acto de más justicia sería el sacarlos de allí porque la casa se les viene encima; Asamblea de Notables, que es cosa muy buena.

-Conformes. Dígame usted, ¿y aquella hermosa casa que hace esquina, quién la habita?

-Yo no soy registro de policía, señor Anrumarrieta, para saber las personas que habitan las casas, y si lo fuese no estaría en Montevideo, porque esas son cosas que por aquí no se usan en este maldito tiempo de guerra, en que la policía tiene que prestar su atención a cosas más serias, para ocuparse de hacer padrones o cosas de esta especie. Pero, oiga usted: ¿usted quiere saber algo de esa casa?

-Sí, lo desearía, es un hermoso edificio.

-Pues quítese el sombrero.

-¿Yo? -exclamó el bilbaíno con una cara que en nada tenía visos de amigable interventora.

-Sí, señor, usted -le contesté con entereza, atendido a que no estaba para amedrentarme por el más o menos tamaño de un hombre, en el estado de malísimo humor en que me hallaba.

-¿Pero qué diablos de casa es ésa? ¿Quién nació en ella?

-¡Quién nació! ¿Qué sé yo? El nacer, amigo mío, es lo de menos, lo que es lo más, es el morirse; y en esa casa que usted ve allí, murió el primer talento de esta república.

-Allí, ¿eh?

-Sí, señor, e hizo muy bien en morirse, porque él era más grande que la época en que vivía últimamente, y estaba el pobre muy oprimido e incomodado; ese hombre era el señor don Santiago Vásquez.

-No conocíamos ese nombre por Europa.

-Es extraño, porque en Europa saben de memoria los nombres de la América; las cosas son las que no conocen. Pero en cambio, ese hombre que murió en esa casa conocía perfectamente la Europa, la

Europa política, literaria, industrial; conocía sus puntos de relación con la América; conocía el presente y el porvenir europeo en estos países, y todos los hombres eminentes de vuestra Europa que lo trataron, se hicieron un deber en clasificarlo como un completo hombre de estado y de ciencia; actualmente yo no conozco en toda la República Oriental y Argentina un hombre que reúna en sí solo todas las condiciones que poseía el que dijo adiós a esta maldita época en aquella casa. Vámonos de aquí -dije, volviendo a colgarme del brazo de mi bilbaíno y marchando hacia fuera por la calle del Sarandí.

-¿Qué diantre es esto? -me preguntó al llegar a la esquina alzando la cabeza y mirando las viejas murallas de la Ciudadela.

-¡Ah! Ésa es una antigua confitería de nuestros católicos reyes.

-¿Una confitería? ¡Si son murallas, hombre de Dios!

-Pues murallas. Era de encima de ellas que los padres de usted y abuelos míos tiraban confites de a 24 y merengues de a 36 sobre los hijos desleales a su madre patria que tuvieron el atrevimiento de poner cerco a las regias murallas.

-Donde las dan las toman, hijo mío.

-Ah, entonces mucho le deben a Rosas la Francia y la Inglaterra, porque él les ha dado hasta cansarse, y no ha recibido nada todavía.

-¿Pero esto es un mercado? -dijo mi hombre entrando por bajo el arco de la Ciudadela.

-Sí, señor, un mercado; este lugar servía antes para quitar la vida, hoy sirve para nutrirla, usted ve que hemos ganado en el cambio.

-Hermosa calle -dijo, sumergiendo sus miradas en la ancha y prolongada calle del 18 de Julio.

-Sí, señor, es una de las mejores que hay en las ciudades españolas de la América.

-¡Pero hombre, este empedrado! -dijo el bilbaíno balanceándose como un navío bajo la Línea en un día de pesada calma, al poner sus pies sobre las puntas de diamante que enlozan la salida del Mercado.

-Eso es efecto de nuestra libertad, amigo mío.

-¿Qué diablos tiene que ver la libertad con las piedras?

-¡Toma! La primera prerrogativa de todo hombre libre es poder disponer de lo que Dios le ha dado, ¿no es así?

-¿Y bien?

-Y bien; que en esta reconquistadora ciudad, y en su hermanita carnal la muy heroica ciudad del puerto de Santa María, o sea Buenos Aires, usted y yo y todos los que estemos en ellas tenemos el perfectísimo derecho de poder ahogarnos en los pantanos de la una, o de rompemos la cabeza en las piedras de la otra, el día y a la hora que nos dé la gana, con sólo cerrar los ojos y caminar un par de cuadras.

-¡Bah! Efecto de la guerra.

-Sí, siempre es cómodo tener a quien echar las culpas: en muy sana paz en el año de gracia de 1838, pasamos, yo y mi caballo, toda una noche sumidos en un río de barro a ocho o diez cuadras de la plaza principal de aquella ciudad a cuya aparición Esparta debía callar su virtud y Roma sus hazañas; y en el año de 1840 casi me rompí la nuca en una piedra que parece un cerro de plata enjabonado, junto al antiguo Consulado, a tres cuadras de la plaza, en esta hermana de mi madre que se está dando de manos con la vieja Troya. ¡Ay, mi amigo, las dos hermanitas tienen muy lindas coronas de laurel y de rosa, pero los hijos y los sobrinos las tenemos de espinas, también muy buenas!

-La guerra, la guerra.

-¡Qué guerra, ni qué diablos! La guerra no es una causa, es un efecto de otras causas más generales y más viejas... Pero dejemos esto. ¿Ve us ted, ve usted aquello?

-¿Aquella bandera?

-Sí; ésa es la bandera de la batería principal del centro de la Línea.

-¿Conque allí está la línea de fortificaciones?

-Sí, señor, allí está.

Y hablando algo sobre algunos recuerdos, llegamos a ella después de diez minutos de marcha; mi bilbaíno, fresco como una lechuga; y yo, mohíno y ardiendo en cuerpo y alma.

-¿Conque ésta es la Línea? -dijo el buen don Francisco con cierta sonrisita que me hizo el efecto de un alfilerazo.

-No, señor; no es ésta la Línea -le contesté muy serio.

-¡Cómo! ¿Ahora salimos con ésas? Y si esta hilera de ladrillos que de un puntapié mío cae deshecha; y si estos cañones viejos no son la Línea, ¿adónde está, cuál es pues la Línea?

-¿Cuál es la Línea, eh, señor Anrumarrieta?

-¡Diablo! Eso pregunto.

-¿Ve usted aquel joven de guante blanco y de varita que se pasea allá ?

-Sí.

-¿Ve usted ese hombre de edad que, con su paltó abotonado y su bastón bajo el brazo, está parado allá dirigiendo su vista hacia afuera?

-Sí, lo veo; ¿y bien?

-El primero es un joven literato de las primeras familias del país, el segundo es un comerciante de los más respetables, y de las más altas fortunas que se contaban antes del sitio.

-¿Pero qué me importa todo eso? Dónde está la Línea es lo que yo pregunto.

-Despacio; a eso voy. ¿Ve usted ese hombre blanco de camiseta colorada y fornitura, que viene en dirección a nosotros?

-¡Caramba! Sí, lo veo.

-Despacio, ese es nuestro gaucho; está disfrazado.

-Pero, ¿y la Línea?

-¿Ve usted ese negro que entra por el portón con un atado de pasto a las espaldas, su gorra de soldado y su bayoneta?

-¡Mil bombas! Usted se quiere burlar de mí. ¿Dónde está la Línea?

-¿La Línea?

-Sí.

-Pues bien, señor Anrumarrieta: aquel joven literato, aquel anciano rico, aquel rey de nuestros desiertos que se llama gaucho, aquel negro que carga el pasto, todos ellos hacen o han hecho parte de la línea de fortificaciones de Montevideo; ellos son la verdadera línea que ha defendido la plaza de Montevideo, y no estos ladrillos de que usted se ha reído, como se ríen nuestros amigos los blancos cuando visitan este lugar. Corinto, La Rochela, Cádiz, el Callao, este mismo Montevideo en otro tiempo, se han defendido en largos sitios con sus altas y sólidas murallas de granito; pero en el sitio actual, Montevideo ha tenido por murallas el pecho de sus habitantes: el literato tiró la pluma y tomó un fusil; el comerciante dejó sus libros, dejó su familia y tomó un fusil; el hombre de la campaña, después de pelear en ella, si pudo llegar a la ciudad, abandonó todos sus hábitos y tomó un fusil; el negro dejó la servilleta o la escoba y tomó un fusil; 8000 hombres suplieron con sus pechos la solidez que faltaba a esta hilera de ladrillos, el 16 de febrero de 1843; las horas en que no se batían, cargaban sobre sus hombros, donde los más no habían llevado sino el frac, los escombros de las casas que demolía el cañón, y con sus manos antes afeminadas trabajaban de albañiles cubriendo el lodo en que debían dormir a la noche. Los viejos, veteranos de la independencia americana, daban el ejemplo, y los jóvenes, tanto orientales como argentinos, les hacían ver que eran bien dignos hijos de sus padres. Aquí hemos estado todos; nacionales y extranjeros; cada uno, poco más o menos ha contribuido a solidificar esta débil defensa material de la plaza, y un año después, el enemigo que llegó a tiro de fusil de ella, la bala del cañón de a 36 no lo podía encontrar de blanco... ¡Pero qué diablo! Me puso usted de mal humor con su sonrisita, y me hace usted, compañero, hablar de cosas que no me gustan, porque ya he dicho a usted otra vez que soy blanquillo, y me mortifica recordar lo que estos malditos unitarios han hecho contra nosotros.

-¡Qué terquedad de hombres, amigo mío! ¡Hacer todo eso por no dejar entrar a Oribe! No, pues yo que él...

-Atropella, ¿no es verdad?

-Por supuesto.

-Eso mismo digo yo.

-¡Toma! Si no comprendo al presidente. Porque a pesar de todo ese entusiasmo; mire usted: estableciendo allí una batería; tendiendo una línea de tiradores allá; estableciendo la batería de bombas y cohetes a la Congreve de aquel lado, y marchando las columnas a paso de trote por allí, por aquel otro punto, y por el centro, ¡bah!, seguro, mi amigo, me abría paso por encima de los 8000 y plantaba la bandera de los tres bonetes que divisó desde aquí, sobre la torre de la Matriz; pero estoy por creer que este nuestro presidente es una mula.

-Despacio, señor Anrumarrieta; no hay necesidad de llamar las cosas por su nombre, usemos de figuras y no le digamos al presidente sino presidente.

-Bien, hombre, pero eso es aquí entre los dos.

-¡Ah! Si es entre los dos, digamos lo que dicen nuestros amigos cuando están de a dos.

-¿Y dicen?

-Que el más raro animal que se hubiera podido llevar a la exposición de Londres, si allí admitieran las obras de la naturaleza como admiten las del hombre, habría sido nuestro presidente Oribe.

-Sin embargo, es necesario tributar respeto a la grandeza caída -dijo el bilbaíno meneando la cabeza, y muy cerca ya del saladero de

Ramírez, pues que al hombre se le había antojado salir hasta las líneas exteriores.

-No, mi amigo; respetemos la grandeza alzada; porque al andar que llevan las cosas, nuestro presidente está menos propenso a caerse que a ser alzado a la horca.

-¡Diablo! Eso sería terrible, porque es preciso convenir en que ese hombre es digno de admiración en cierto sentido; sentido por el cual yo soy blanquillo. ¿Y sabe usted cuál es?

-No es cosa fácil, señor Anrumarrieta, porque a excepción del sentido común, lo que más abundan son los sentidos.

-Pues yo se lo explicaré a usted, señor redactor: es que veo en ese hombre una gran novedad.

-¡Bah! Yo veo muchas.

-Pero la novedad de que yo hablo, es de que ahí entre esas quintas haya tenido más coraje que el que han ostentado en estos países contra él, nada menos que potencia y media de la Europa.

-¿Qué? ¿Potencia y media ha dicho usted?

-Sí, señor, potencia y media, y he dicho bien.

-Así será.

-Oiga usted, buen hombre, oiga usted y no se ría; con Oribe han tenido que ver, como con Rosas, la Inglaterra y la Francia, pues ahora, oiga usted:

-Oigo -le dije, llegando ya a la célebre fuente del agua santa, y siguiendo siempre más adelante, distraído con la conversación.

-La Inglaterra -continuó el bilbaíno- es en política, como en comercio, una sola nación. En política exterior, lo que el gobierno inglés dispone o hace, desde el primer lord hasta el último peón de las cervecerías lo aprueba como cosa santa; y lo que reclama el más nimio interés de los ingleses en el exterior, el gobierno de S. M. B. lo apoya, lo sostiene y lo hace causa inglesa a cañonazos y demás. A este respecto, hay entre el gobierno inglés y los súbditos de S. M. una especie de masonería que es un encanto; única en el mundo, causa generatriz del poder de la Inglaterra en el exterior y de su actividad política, porque todos los ingleses fuera de su país constituyen una inmensa Legación Británica que trabaja en sentido de la política de su gobierno, como su gobierno trabaja en sentido del interés de todos ellos, dentro y fuera de la Inglaterra. Y en esto nada hay que reprocharles.

La Francia es todo lo contrario de la Inglaterra a este respecto: en política hay dos medias Francias: el gobierno y el pueblo. Basta que el gobierno francés establezca tal política en tal cuestión, para que el pueblo quiera que se establezca una política contraria. Basta que el espíritu público de los franceses demande tal política en tal cuestión, para que el gobierno obre en sentido contrario. Y así, por fuerza, toda cuestión ha de tener de su parte o al pueblo solo o al gobierno solo, pero jamás al pueblo y al gobierno juntos. El espíritu francés, valiente, generoso y romanesco, se avino perfectamente con la defensa de Montevideo. ¿Sí?, dijo el gobierno, ¿queréis defensa de Montevideo, no es verdad? ¿Queréis que la intervención obre? ¿Sí? Pues no hago nada, o si hago ha de ser en favor de Rosas. De este modo, mi querido amigo, la causa de Montevideo no ha tenido de su parte sino a la mitad de la Francia, y por consiguiente -dijo escribiendo con su bastón en la arena:

La Inglaterra   -   potencia   1

La Francia -   id.   ½

                       —

                    Total   1 ½

-Usted ve, mi amigo, que dije bien al decir que potencia y media habían estado contra Oribe en la presente cuestión. Y sin embargo, es mucho, es mucho. Respetemos, mi amigo, repito a usted, las grandes resistencias de los hombres, y respetémoslos más cuando los vemos caídos.

-El que se cae soy yo, señor Anrumarrieta -dije tirándome a la falda de un montecito de arena, como a seis u ocho cuadras al sur de la ya nombrada fuente del agua santa, deshecho mi cuerpo con tan larga caminata, y abrumado mi espíritu por la lógica del bilbaíno, con que me acababa de probar, como dos y dos son cuatro, que la Francia no es entera, sino media.

-De poco se cansa usted.

-¿De poco? Una y no más, señor San Blas. En mi vida he caminado tanto, y en adelante puede usted pasear solo cuantas veces le dé la gana, que desde hoy me declaro intervención inglesa, y lo dejo a usted a que se ayude como pueda.

No bien acababa de decir estas palabras, mirando a la cara del recomendado de mi amigo, que se reía de mí a más no poder, cuando por un lado del pequeño médano que me servía de colchón salieron, y se interpusieron entre nosotros y el camino que acabábamos de andar, tres hombres que me hicieron abrir tres pulgadas de boca y dilatar mis párpados tres líneas más de lo natural: cada uno traía en su gorra una hermosísima divisa colorada, otras dos blancas y coloradas en el pecho, otras divisas de fierro a la cintura que me parecieron no sables comunes de caballería, sino ser cada una la espada flamígera del ángel exterminador, y, por último, otra divisa en la fisonomía que decía con grandes caracteres ser aquellos ilustres caballeros hombres de confianza de S. E. el presidente Oribe, hermanos todos o primos hermanos de su ministro Cabrera.

Me parece que mi bilbaíno les dijo:

-Buenas tardes -o algo semejante, no sé; porque tampoco sé por qué especie de mecánico, de brujería o de auxilio sobrenatural, yo que estaba acostado cuando la aparición, me encontré de repente a una cuadra de mi compañero, del médano y de los parientes de don Manuel, repasando, como Mr. Howden, el camino que había andado.

Unas voces parecidas a un trueno me alcanzaron sin embargo en mi carrera inglesa y cuál fue mi alegría cuando al dar vuelta la cabeza vi que ninguno había tenido la ocurrencia de querer seguirme.

Pareme entonces un momento y vi que el Señor Anrumarrieta se reía a carcajada suelta, y me gritaba:

-¡Eh! No corra usted, hombre, son los nuestros, no quieren hacernos mal; quieren solamente llevarnos a presentar al presidente, porque hemos ultrapasado las líneas. No es nada hombre, venga usted; mañana volveremos a la ciudad.

-¿Yo? -dije entre mí, porque gritar no podía-. No -le dije, por señas.

-Venga usted, mañana volveremos -continuaba gritando don Francisco.

Entonces, recuperando un poco de mis perdidas fuerzas, pude responderle:

-Muchas gracias, mi querido amigo; dele usted memorias al señor presidente, y si por acaso se queda usted con él algunos días, no pierda oportunidad de escribirme.

-Bien, hombre, bien -prosiguió el bilbaíno, siempre riéndose a carcajadas de mi carrera-, si no vuelvo mañana le escribiréa usted con mucho gusto.

Y no oí más, porque volví a tomar a paso de ataque el camino de la ciudad.

-¿Qué hay? -me gritan dos soldados del cuerpo del coronel Tajes, que me habían visto poco antes pasar acompañado, que habían oído parte de los gritos, y que me veían volver solo.

-Que a mi compañero se lo llevan los diablos -les contesté, sin pararme a darles explicación ninguna, porque no quería parar hasta mi casa.

Dos días ha de este desgraciado suceso, y aún no sé una palabra del recomendado de mi amigo Alejandro. Es probable, sin embargo, que en la presente semana reciba alguna carta que me saque de dudas, y por el interés que puedan tener mis lectores en la suerte del autor de la Historia Monumental, cometeré la imprudencia de publicar la correspondencia epistolar que reciba.

(La Semana, n.º 15, julio 28 de 1851, pp. 167-173)

Primera carta del señor don Francisco Anrumarrieta

Después del desgraciado suceso del viernes 25 de julio, día en que los enemigos, como saben nuestros lectores, se llevaron a nuestro benemérito bilbaíno, una terrible inquietud se apoderó de mi espíritu, ansiando saber del recomendado de mi amigo, como si mi recomendado fuese un tratado ad-referendum, y fuera yo el negociador del tratado.

-¿Qué habrán hecho con el historiador? -me preguntaba yo a cada momento-. ¡Allí que hay tanto cirujano; donde impera tanto el sistema del doctor Sangrado!

-Pero no -me decía después de meditar un momento-, mi recomendado es español.

-Pero si -me agregaba -mi recomendado no es de ninguna parte, porque no tiene cónsul en el Cerrito, y un hombre que no tiene cónsul tiene el deber de soportar todo lo que le hagan entre ciertas gentes de este mundo; ¡de ese mundo que parece que lo hizo Dios ad-referendum, de tan mal hecho que se encuentra por todos lados!

Así, en estas vacilaciones, iba y venía al muelle, por donde bajan como por su casa las cartas, los diarios, los quesos, las gallinas y las señoras que vienen de nuestros vecinos. Pero nada, nada absolutamente, ni más ni menos que si los botes fuesen el Esk, etc.

Por fin, a eso de la oración del martes 29 de julio, pensando estaba yo, solo en mi cuarto, sobre la transmigración de las almas, y tratando de imaginarme en qué forma de animal aparecerá algún día el alma escapada de ciertos cuerpos que se mueven hoy, cuando mi criado José entró y me dijo:

-Señor, ahí está un hombre que busca a su merced.

-¿Un hombre? Ah, yo pensaba en dos en este momento. Y bien, ¿qué clase de hombre?

-Parece pescador.

Una idea súbita me vino al momento.

-Que entre -le dije.

-Pero, señor, ¡mire su merced que me parece canario!

-Canario, ¿y qué tenemos con eso?

-Es que pudiera ser que viniese de afuera.

-Precisamente es lo que deseo, hazlo entrar.

Un minuto después entró el hombre con su gorra en la mano, y mi José a su lado, como si fuera condición precisa el recibir con esa ceremonia a todo hombre que tenga apariencias de llegar de afuera.

-Yo traía una carta para usted, señor -me dijo con un tono entre desconfiado y fraternal que me hizo creer que el hombre estaba todavía en duda de si hablaba o no con un cofrade político, pero yo, que cuando van ya estoy de vuelta, me apresuré a decirle:

-La carta es de afuera, ¿no es así?

-Sí, señor.

-Entonces, ante todo, ¿cómo está el presidente?

-Muy bueno a Dios gracias, señor -me contestó con una cara muy risueña, sacando un envoltorio con veinte o veinte y cinco cartas y entregándome una que por el tamaño y la letra conocí ser de mi pobre Anrumarrieta.

-¡Hombre, gracias a Dios! ¿Y cómo está don Francisco?

-Muy bueno, señor, muy grueso.

-Vaya hombre, me alegro, ¡de aquí se fue tan delgado!

-En el otro viaje pienso traerlo.

-¿Y cuándo es el otro viaje.

-Ahora no sé, señor.

-Bien, entonces usted tendrá la bondad de volver antes de irse para llevar mi contestación.

-Sí, ese es mi oficio, señor.

-Ah, ¿usted se ocupa de llevar y traer las cartas de nuestros amigos?

-Sí, señor, pero no gano nada, ¡como somos tantos!

-Vaya, pues aquí tiene usted por esta vez -le dije, dándole algunas monedas, despidiéndole y encerrándome a leer la carta de mi recomendado, que es la siguiente:

Capital del Cerrito, lunes 28 de julio de 1851

Señor etc. etc.

Muy señor mío y distinguido amigo: deseo que al recibo de ésta se halle usted gozando de completa salud, tanto como para mí la deseo; y paso después a decirle que en los tres días que llevo de residencia en esta capital, no he tenido sino motivos de sentir el que no hubiese seguido mis consejos de acompañarme con nuestros amigos, cuando en los médanos se separó usted de mí tan repentinamente. Pero como cada uno es dueño de hacer de su capa un sayo, yo no tengo nada que reprochar a usted y conservándole la misma amistad que de mí se han merecido siempre sus buenas cualidades y relevantes prendas, paso de hacer a usted una relación de lo más notable que me ha ocurrido desde el viernes último en que nos separamos.

Empiezo:

Los tres soldados, que eran unos excelentes varones, me condujeron a un cuartel, y un oficial que allí había dio orden para que me llevaran a la presencia del presidente. Me ofrecieron un caballo, pero yo preferí ir a pie; y haciéndome el honor de darme cuatro soldados de a caballo para servirme de escolta, me hicieron tomar en dirección al norte.

Yo iba como en triunfo. A falta de balcones, porque aquí no se usan, los habitantes de esta ciudad se subían sobre los árboles, los muchachos corrían tras de mí, y los paseantes, todos generalmente a caballo, porque aquí no se usan veredas, las distancias son largas y este año no se han podido limpiar las calles, se paraban a contemplarme como cosa rara. Muchos de ellos, porque toda esta es la gente más inocente de la tierra, me tenían por salvaje, y así me lo decían en mi cara, a lo que yo cortésmente les contestaba: que no, que no era pampa, que era de la villa de Bilbao, y pasaba adelante con cara bien amable para desimpresionar a estas buenas gentes, y poder en ellas hacer los estudios freneológicos a que me preparo, por cuanto creo que es una raza totalmente desconocida.

Entre dos luces, llegamos por fin a una casa que la llamaría de campo si no supiera que está dentro de la capital, donde me dijeron que moraba el señor presidente de la República.

Mucha gente había en aquella casa, pero lo que más me llamó la atención era la semejanza de raza que encontraba en todos: la misma cara, el mismo gesto, las mismas maneras, como el mismo ajuar de armas y divisas.

Fueron a dar parte de lo ocurrido a S. E.; y como S. E. estaba ocupado, me hicieron entrar a una habitación contigua a una sala donde divisé varias señoras.

Fuera por mi presencia, que no tiene nada de repugnante, o por la mucha amabilidad de esas señoras, una de ellas tuvo la bondad de hacerme entrar a la sala donde, mediante la providencia divina, no cometí un asesinato al sentarme. Pues como no habían encendido luces todavía y la sala estaba entre su merced y señoría, fui a sentarme en un gran sillón que allí había, sin reparar que estaba acurrucada en él la muy respetable madre de S. E., que felizmente tuvo la precaución de ponerme el dedo, mientras las otras señoras dieron un grito espantoso que me hizo poner en pie lo más pronto que me fue posible.

Después de las disculpas consiguientes, y de encenderse luces en la sala, la conversación se hizo amena y general.

Entre las señoras estaba una hermana de S. E. llamada doña Mar
garita, dama muy amable y ajena a todo espíritu de partido, pues lo
primero que me preguntó con el mayor interés fue si sabía yo cómo
estaba de salud el señor contra-almirante Le-Prédour, cosa que
como usted comprende no lo haría si fuera pasionista de su
hermano. Todo es una mentira cuanto allí se dice del odio que hay
aquí a los extranjeros. La misma señora madre de S. E., sobre que
estuve a pique de sentarme, matrona monumental por su edad
según parece, está haciendo construir un altarcito para colocar el
retrato de Luis Napoleón, y el día 1.º de cada mes reza diez
padrenuestros por que el señor Devoize alcance ese día la bendición
de Dios: es una familia de santos toda ésta; sólo he notado que hay
cierto disgusto con el señor coronel Du Chateau y el cuerpo
expedicionario, dicen de él, en una palabra, lo contrario que de los
señores Le-Prédour y Devoize.

Yo estaba encantado con estas buenas señoras cuando vinieron a
llamarme de parte de S. E.

Sentado recibiome el señor presidente, y como yo sé que estoy en la
tierra de la igualdad democrática, senteme también después de
saludarlo. ¡Delgado está S. E.!

Muchas y repetidas preguntas tuvo a bien hacerme sobre el estado
de la plaza, y según pude traslucir, parece que él tiene la seguridad
de estar en ella en el próximo mes, después de haber derrotado al
titulado ejército imperial y a los titulados Urquiza y Garzón, para
cuya operación S. E. montará a caballo al fin de esta semana. Pero lo
que yo no comprendo es cómo S. E. podrá hacerse el remedio yendo
a caballo. Porque ha de saber usted que en medio de nuestra
conversación entró un criado con una calderita de agua hirviendo, la
colocó sobre la mesa, y se fue. Pensé yo que aquello era para cebar el
mate que ustedes usan, pero cuál fue mi asombro cuando vi que S.
E. se desabotonó la casaca, abrió su camisa y se dispuso a echarse el
agua caliente sobre el pecho.

Yo que la veía humear por el pico de la caldera, creí que S. E. estaba
distraído y no pude menos que pararme gritando:

-¡Eh! ¡Señor, mire usted que es agua caliente!

-Pues de eso se trata, de que esté bien caliente -me contestó.

-¿Sí? Pues permítame S. E. que yo me mande mudar, y desuéllese luego a su antojo, pues no quiero que me atribuyan tal crimen si V. E. se abrasa vivo.

-No señor, no -dijo el presidente, sonriéndose-, esto no me hace nada, o más bien, esto me da la vida.

-Cómo, ¿V. E. vive pelándose vivo?

-No señor, esto lo echo dentro la chapa -dijo, poniendo dentro el pecho el pico de la caldera, y vaciando el agua hirviendo que contenía.

Tamaños ojos abría yo, amigo mío, y a fuerza de abrirlos y de empinarme pude descubrir que el pico de la caldera entraba en un tubo de plata que, a raíz de las carnes, bajaba del pecho al estómago, donde había un recipiente plano de metal que recibía el agua.

S. E. me explicó luego que era a merced de ese aparato que podía conservar un poco de calor en los órganos digestivos. Pero me aseguró que estas pequeñas incomodidades cesarían después de la campaña contra el titulado Urquiza.

S. E. es hombre de pocas palabras, hombre serio, y casi me inclinaría a creer que realizaría sus planes si no fuera que no puedo explicarme de qué modo hará S. E. para llevar consigo a la gurupa del caballo una caldera de agua hirviendo, pues que cada media hora tiene que echarse por fuera lo que le falta por dentro.

Pero en lo que más parece tener confianza S. E. es en 10000 infantes y 4000 artilleros que de Buenos Aires deben llegar a la Colonia, mandados, dice, los primeros por un señor coronel Díaz que fue prisionero, y por un señor Chilavert los segundos, con los cuales dice S. E. que no habrá de parar hasta el titulado Río Janeiro.

Parece que S. E. gustó mucho de mi franqueza española, a pesar de que yo por ciertos miramientos me reservaba de decirle todo, y pidiome con instancia me demorase unos días y le volviese a ver antes de su marcha sobre la titulada gente que se le viene encima; así se lo prometí, y habría sin embargo demorádome más en mi primera visita, si no hubiese visto llegar otro criado con su correspondiente caldera, creyendo entonces deber retirarme para que S. E. se desollase a sus anchuras.

¡Pero juzgue usted cuál sería mi agradable sorpresa cuando al salir me encontré en el patio con dos caballeros que me felicitaron como a paisano suyo! Estos señores eran, nada menos, el señor don Antonio Díaz, ministro de la Guerra, español de origen, y el señor coronel Artagabeitia, paisano mío por nación y provincia. Fuertemente nos dimos un abrazo, y fuímonos en seguida a casa de Díaz, donde nos encerramos a conversar libremente.

Las esperanzas de estos mis paisanos dejaban atrás las de S. E., y como viera yo que tal alucinamiento podría perderlos, saqué de mi bolsillo uno de los muchos papeles que llevaba el día en que nos separamos, y le dije a Artagabeitia:

-Huela usted, paisano -poniéndole el papel en las narices.

-¿Y qué diablos es esto?

-Huela usted.

-Huelo, bueno ¿y qué hay?

-¿A qué tiene olor?

-A papel.

-No, paisano: esto huele a muerto.

-¿Pero qué papel es ese? -preguntó Díaz.

-¿Este papel? Lean ustedes -les dije, y les di el periódico en que están las proclamas del general Urquiza, y les di también unos apuntes manuscritos con el detalle de las fuerzas brasileras, entrerrianas, correntinas y orientales que van a obrar sobre el señor presidente, sus ministros y ejércitos.

Tamaños ojos abrían mis paisanos, y tamaña boca abría yo de risa al verles en semejante asombro.

Híceles luego la historia de todo cuanto se preparaba para caer encima de S. E. y sus amigos:

-Paisanos -les dije-, la cosa es seria; yo tengo como vosotros cierta vocación por S. E., pero de esta vez no lo cura toda el agua caliente de un vapor de 800 caballos. Aquí estamos entre nosotros, y podemos hablarnos con franqueza, díganme ustedes, pues, en lo que yo puedo serles de utilidad.

Mi paisano Díaz se rascaba la cabeza, pero Artagabeitia se empeñó en hacerme creer que se esperaban refuerzos de Buenos Aires, con los cuales S. E. se sorbería como a un huevo todo el Entre Ríos y todo el Imperio.

-Déjese usted de sorbos, paisano -le contesté-, y trate de ponerse su escarapela española, que le dará más garantía que el trapito blanco que trae al pecho.

-Mire usted, Señor Anrumarrieta -me dijo entonces don Antonio Díaz-, yo bien preferiría ser alcalde en nuestra tierra a ser ministro en ésta, pero ya estamos en el potro y es preciso aguantar los azotes; yo bien tengo entendido que hay 99 probabilidades de que nos lleve el diablo, pero ¿qué hemos de hacer? Rosas nos ha metido en este berenjenal, y no nos queda otro remedio que aferramos a la divisa blanca.

-¿Y por qué os la pusisteis vosotros?

-Por la misma razón que se la va usted a poner -me contestó Artagabeitia.

-¿Yo? -le pregunté.

-Sí, paisano, usted -me replicó-, porque con toda nuestra influencia no podríamos librarlo si lo encontraran sin las divisas federales.

-¡Eh, yo soy español! -exclamé yo.

-Lo mismo que si no fuera usted de ninguna parte, porque aquí no tenemos cónsul.

Una disputa acalorada se estableció entre nosotros tres probándole yo a mis paisanos que no entienden nada de derecho de gentes; pero ellos me replicaron que ésas son cosas que por aquí no se usan, y con tal elocuencia me convencieron del riesgo en que me encontraba, que tuve que conformarme a que me pusieran una cinta colorada de cuatro dedos de ancho en el sombrero, y otra blanca de media vara en el pecho, y así condecorado me llevaron a hacer varias visitas a ciertos personajes de que hablaré a usted en mi segunda carta, porque esta es simplemente un aviso de mi llegada, pues sabe usted que yo soy lacónico como buen español.

Muchas cosas serán las que tendré que decir a usted en mi segunda carta, especialmente sobre la amabilidad de estas gentes para tratar a ustedes, y muchas más cuando tenga el placer de abrazarlo, luego que acabe de hacer aquí los estudios freneológicos a que me preparo, y sobre todo, mucho tendré que decir a usted probablemente de una ocurrencia que, como la más notable, la estaba reservando para el postre: y es que hace una hora que he recibido un recado de S. E. para que mañana martes, a las diez de la mañana, me presente en su casa, y según me informan mis dos paisanos, S. E. va a pedirme que escriba la historia de la restauración de su Presidencia, y de los motivos que lo impelen a separarse momentáneamente de su capital. Usted ve, mi amigo, que mi nombre vuela de corte en corte y que si consigo que mi nueva historia me salga tan bien como la Monumental de la Intervención, habré conquistado para siempre la nombradía de sabio (perdone usted que escriba este nombre).

Con tan feliz noticia, me despido por hoy de usted, señor redactor, ofreciéndole volver a ésa con un libro de estudios freneológicos y otro de historia presidencial; repitiéndose de usted.

Muy atento y seguro servidor.

Q. B. S. M.

Francisco Anrumarrieta.

(Natural de Bilbao.)

P. D.

Olvidaba decir a usted que mis dos paisanos, y en general todas las personas con quienes he hablado, no tienen ese espíritu de odio al extranjero que allí se les atribuye, pues que todos me preguntan con el mayor interés por la salud del señor Le-Prédour, del señor Devoize y de otra porción de caballeros europeos, como también si había oído yo algo relativo al señor Southern, por cuya salud dicen que se interesan tanto como por la del señor Palmerston y otros así, a quienes no llaman gringos, sino caballeros federalmente imparciales.

Vale.

Dios nos perdone el juicio, si la proclama de don Manuel Oribe fecha 30 de julio, que han publicado la Defensa y el Comercio, no ha salido de la pluma de D. Antonio Díaz después de su conversación con el Sr. Anrumarrieta el lunes 28.

(La Semana, n.º 16, agosto 4 de 1851, pp. 182-186)

[Noticia sobre el Sr. Anrumarrieta]

Nuestros lectores tendrán curiosidad de saber qué es de la vida de nuestro fiel y grande amigo el señor don Francisco Anrumarrieta: está en Buenos Aires hace un mes; habiendo estado preso veinte días en el campo de don Manuel Oribe, a consecuencia de haber querido persuadir al presidente de que el general Urquiza era hombre de muy mala bebida, pues que venía atropellando todo; prometiendo no pararse hasta el cuartel general; cosa que a nuestro bilbaíno le inspiró la idea de aconsejar a Oribe se diese por muerto antes de llegar a las manos.

Pero sus consejos lo condujeron al cepo, según nos escribe; y del cual salió para irse a Buenos Aires, en donde ha contraído estrechas relaciones con Mr. Southern, con D. Felipe Arana, a cuya señora la llama hermana, y con Rosas, de quien parece se ha hecho el consejero diplomático.

Nuestro bilbaíno está en todas las funciones, y, con ese tino que le conocemos, está haciendo prolijos estudios sobre la situación actual, tanto en sus altas relaciones políticas, como en sus costumbres y otras cosas. De todo lo cual nos ha prometido cartas que esperamos por momentos, y que publicaremos probablemente en el siguiente número.

(La Semana, n.º 21, octubre 6 de 1851, p. 210)

Buenos Aires

Documentos oficiales

(En un suplemento a la Gaceta Mercantil del 11, llegado ayer a las cuatro de la tarde, encontramos la siguiente comunicación.)

«A. S. E. el señor Ministro de Relaciones Exteriores del Gobierno Supremo de la Confederación Argentina, Camarista, doctor D. Felipe Arana.

»El firmado, encargado de estudiar la parte exterior de los negocios exteriores en el exterior de la República, tiene el honor de comunicar a S. E. el señor Ministro a quien se dirige, para que se sirva elevarlo al conocimiento del Exmo. Sr. Jefe Supremo de la nación, que el día 8 del corriente el loco traidor salvaje unitario Urquiza ha hecho la locura de agarrarse todo el ejército de S. E. el Señor Jefe Supremo que operaba en el territorio oriental, sin echar de ver con su cabeza trastornada todo el disgusto que semejante locura iba a imprimir en el ánimo de la Suprema Excelencia, agobiada por tantas y tan continuas tareas y disgustos, en los que figura en primera escala la pérdida de la estimable señora que en paz descanse.

»Así mismo el firmado cree de su deber no perder el tiempo en comunicar al Exmo. Sr. Supremo, por el órgano de V. E., que lo peor del caso es que el grande ejército de S. E. está todo lo mejor dispuesto posible para venir a Buenos Aires a colgar en la Plaza de la Victoria la suprema persona de S. E.; porque en la opinión del firmado hoy se está practicando muy desgraciadamente aquello de que un loco hace ciento.

»Y como el infrascripto cree que la locura del salvaje unitario Urquiza pueda ser una especie de epidemia que vaya extendiéndose progresiva y rápidamente sobre todos cuantos rodeen a S. E., el firmado cree de su deber igualmente el hacer observar a V. E. las consideraciones que pasa a exponer.

»El firmado opina que es de necesidad ponerse en el caso, que la locura del salvaje unitario Urquiza, comunicada tan súbitamente a veinte mil cabezas, sea en efecto un nuevo género de epidemia que se desenvuelve bajo estos climas; y que S. E. debería ordenar a la Junta de Higiene Pública, hiciera un prolijo examen en los soldados y ciudadanos de toda la provincia de Buenos Aires para ver si se sentía en ellos propensiones al mal. Pero que, como medida previa y de seguridad a la importante salud moral de S. E. el Jefe Supremo, S. E. mismo debía partir en el primer paquete de la Real Compañía a esperar en Londres el fallo de la Junta Higiénica, por cuanto si es en efecto epidémica la locura actual, S. E. corre también grandísimos riesgos de enloquecerse, abrumado como está por el peso de los importantes asuntos que gravitan sobre él, y por el agudo dolor con que punza sus entrañas el encarnado recuerdo de su amadísima doña Encarnación.

»Igualmente el firmado observa a V. E. que en el caso de que S. E. se resista a la idea de pasar cuanto antes a Europa para librarse de la mortal epidemia, sería conveniente establecer un cordón sanitario al sur, norte, este y oeste de Buenos Aires; porque por todas partes puede entrarse el loco y la locura; siendo de temerse que si hace las cosas que hace estando loco, muchas y peores habrá de hacer con S. E. si por desgracia le vuelve el juicio cuando esté en la provincia.

»Del mismo modo el infrascripto se apresura a observar a S. E. el señor Ministro, que en el caso de que aquellos dos medios de salvación fuesen rechazados por los consejos del Supremo Jefe de este tan vasto continente, todavía le queda a S. E. otro recurso eficaz de salvación, y que ese recurso se encuentra en la poderosa amistad de Mr. Southern, el cual no tendrá que hacer más que pasarle una nota al loco Urquiza, diciéndole que pare sus marchas donde la reciba, cosa que hará parar al ejército donde quiera que esté.

»El firmado, que ha hecho en toda su vida estudios prolijos sobre las más complicadas cosas, como por ejemplo los que hizo sobre cierta intervención establecida en el mundo, porque fuera de él no ha hecho estudios de ningún género todavía, siente una íntima convicción de que cualquiera de los medios indicados antes surtirán el efecto deseado para la conservación de la preciosa salud de S. E., en quien sería una verdadera calamidad pública, como dijo mi colega Southern, si perdiera la razón en esta epidemia de locura que está arrebatando el juicio a ejércitos enteros.

»Sin embargo de lo expuesto, el firmado tiene el honor de aplaudir con la más fina benevolencia las medidas de salvación que el supremo espíritu del Jefe Supremo ha concebido ya en estos apuradísimos momentos; como son el gran baile, los teatros y los judas; cosas todas que pueden contribuir a la salvación de S. E., distrayendo los ánimos de la impresión que ha causado en ellos la locura de tanta gente.

»Al cerrar esta nota el infrascrito ruega a S. E. el señor Ministro D. Felipe Arana quiera transmitir al Jefe Supremo de la nación, los votos que eleva al Todo Poderoso por que su juicio se salve de esta enfermedad de locura universal, desconocida hasta ahora en los anales de la humanidad, y que no se registra por consiguiente en ningún capítulo de las ciencias sicológicas.

»El firmado tiene aún que decir a S. E. el señor Ministro a quien se dirige, que teniendo que continuar sus estudios sobre negocios exteriores que le ha encomendado el gobierno de la nación, se hace necesario que V. E. haga llegar a manos del infrascripto con una puntual regularidad los números del Defensor, de la Presse y del Americano, que deben contener en adelante asuntos del mayor interés. Y al mismo tiempo el infrascripto ruega encarecidamente a S. E. quiera hacerle saber algo sobre la convención pendiente entre la Francia y el Gobierno Argentino, por ser hoy este asunto el más importante de la actualidad, por cuanto la ratificación de aquel solemne pacto daría hoy la solución de las cuestiones pendientes.

»El firmado aprovecha esta oportunidad para repetir al señor Ministro las seguridades de su más alto aprecio.

»Francisco Anrumarrieta.

»Buenos Aires 10 de octubre de 1851».

(La Semana, n.º 23, octubre 13 de 1851, pp. 218-219)

Señor redactor de la «Semana»

Buenos Aires 27 de Octubre de 1851.

¡Ay, amigo mío! ¡Y qué deseoso estoy de darle un fuerte abrazo, y cuánto deseo que se mande mudar el Prince, en que ha de pasar a Montevideo este su muy atento criado, a gozar un poco de ese aire de libertad de que usted tendrá llenos los pulmones; mucho más ahora que comienza en ese país la época tan deseada de su paz y de su tranquilidad, que habrá de ser sólida y duradera según lo entiendo!

Y no quiero decir con eso que en este su país de usted no haya sacado yo por resultado de mis estudios, que hay también su buena dosis de libertad, por más que la fiebre política de los enemigos del gobierno se empeñe en desconocerla y negarla.

Un hombre puede aquí, por ejemplo, abordar la prensa con libertad; pues existe aquí el mismo sistema con relación a la prensa que en otro tiempo existía en Madrid, según el muy sabio y venerable Beaumarchais; el cual consiste en dejar a los hombres una perfecta libertad de escribir siempre que no hablen de política, de la autoridad, del culto, de la moral, de los empleados, ni de persona en buena posición; cosas todas que arrastran inmediatamente los pueblos a la anarquía. Pero en cambio de estas pequeñas restricciones, usted puede hablar cuanto le dé la gana, y decirles de una hasta ciento, con la más completa libertad, desde al Emperador del Brasil hasta la última ordenanza del Conde de Caxias; y desde el general Urquiza hasta el último loco de todos ustedes.

Además de esto, yo he observado, y me complazco en decírselo a usted como lo diré en todas las partes del mundo donde vaya, que todo hombre goza aquí de una ilimitada libertad para salir a la calle a la hora que le dé la gana, a excepción de aquellas en que no le es permitido salir por las ordenanzas militares.

Como diré también que no es cierto lo que se ha dicho siempre en Montevideo, de que en Buenos Aires los hombres se visten al capricho de la autoridad, pues todo hombre puede ponerse aquí el fraque o el levita que le dé la gana; calzón con tiros o sin ellos; gorra o sombrero; bota o zapato; todo cuanto se quiera, en una palabra, no teniendo más obligación que la de traer siempre la divisa y el chaleco punzó, bigotes y barba abierta.

Tampoco es cierto que tenga uno una positiva necesidad de hablar lo que no cree, o de alabar lo que no le gusta, porque todo hombre tiene aquí el derecho de decir si la ópera le gusta o no le gusta: de lo cual se deduce por una lógica terminante, que no hay tal sistema general que imponga leyes a la palabra humana en este país.

Así es que no son esas pamplinas de libertad las que positivamente me obligan a dejar esta ciudad de Buenos Aires y Puerto de Santa María; sino que la verdadera causa es una especie de inquietud que se ha apoderado de mí, de ser presa más o menos tarde de esa rara epidemia que miro desenvolverse rápidamente bajo estos climas privilegiados antes por la mano de Dios, e infestados ahora por el soplo del diablo.

Hablo a usted, amigo mío, de esa epidemia de demencia que empezó a desenvolverse en Entre Ríos; que se ha extendido rápidamente en todo el Estado Oriental; y que se está entrando como por su casa en la cabeza de todos con cuantos aquí hablo.

No bien encuentro un hombre y le doy la mano, cuando ya conozco que está enfermo y me separo de él.

Y lo peor de todo es que la locura ha empezado por la cabeza del Estado; es decir por el Señor Gobernador.

Ayer fui a llevarle un proyecto de plan político, que no puedo comunicárselo a usted todavía, pero que indudablemente libertaría al gobierno y al país de la invasión que lo amenaza.

Y cuando yo pensé encontrar a S. E. ocupadísimo con los graves asuntos de la actualidad, me lo hallé revisando un millar de tarjetas de invitación para el gran baile que se da mañana.

¡Malo!, pensé, la cabeza no está buena.

-Señor Excelentísimo -le dije-, mire V. E. que la cosa no está para bailes. Mire V. E. que el loco se le viene encima, y parece que no es hombre de andar con miramientos hacia la ilustre persona de V. E. Déjese de bailes, y óigame a mí.

-Yo me oigo a mí mismo solamente, señor Anrumarrieta -me contestó-, yo doy este baile para que vean que no le tengo miedo.

-Sí, Señor Excelentísimo, V. E. no le tendrá miedo; pero eso no quiere decir que si V. E. sigue ocupándose de bailes, él no se ha de venir a hacerle una visita en su propia quinta.

-¿Entonces cree usted que yo me duermo? -me contestó.

-No, Señor Excelentísimo, no creo que V. E. se duerme, pero creo que está soñando despierto; puede ser que V. E. sea sonámbulo y que esté dormido sin saberlo. No hay que mirarme tan serio, Señor Excelentísimo; esta es cuestión de números: V. E. tenía un ejército en el territorio oriental; hoy no lo tiene. El enemigo de V. E. pasó el Uruguay con cinco o seis mil hombres de caballería, y hoy está bajo sus órdenes todo el que era antes ejército de V. E. V. E. está solo; y él tiene por aliado al Brasil, cuyo ejército en campaña opera en combinación con el suyo; y al gobierno oriental que pone en la cruzada una división de sus mejores tropas. V. E. está desconfiando de todo el mundo, el loco tienen confianza en todos, porque todos los pueblos de la república están por enfermarse de la misma locura. Él va a invadir la provincia con un ejército de treinta mil soldados; V. E. no puede poner ni veinte mil reclutas. Él trabaja con actividad en la iniciativa; V. E. pierde el tiempo de su defensiva en bailes, y cartas a los gobernadores de las provincias que no le han de contestar sino según el rumbo que tomen los sucesos.

Por todo esto, yo estoy tomando cierto olor en cuanto me rodea en esta casa.

-¡Olor! ¿Olor a qué? -me contestó un poco descompuesto y pálido.

-Olor a muerto, Excelentísimo Señor.

Esta barbaridad que le dije, propia de mi franqueza española y de mi carácter republicano, causó tal impresión en el sensible corazón de S. E., que unas gotas de sudor gruesas como granos de maíz empezaron a deslizarse por su rostro.

Mudé de conversación en el acto, y poco a poco S. E. fue restableciéndose, y volvió poco a poco al asunto del baile, que parece ser el carácter de la enfermedad mental que se ha apoderado de su espíritu.

-Señor Anrumarrieta -me dijo-, usted es un hombre de talento, y quiero consultarle el programa del baile que me ha costado muchas noches de meditación, y que todavía puede reformarse si no le parece a usted bien; porque tenga usted entendido que de esta fiesta yo voy a sacar grandes resultados en favor de mi causa, y en ruina de Urquiza.

-¡Malo! -dije para mí mismo-. La locura es rematada.

-Señor Excelentísimo -le dije-, yo no entiendo una palabra de programas de baile, pero oiré lo que V. E. quiera leerme.

Y S. E., llamando a su hija y recomendándola que nadie lo interrumpiese porque estaba ocupado de los asuntos nacionales, extendió un pliego de papel sobre la mesa y leyó:

PROGRAMA

Del baile dedicado a la Señorita Doña Manuelita de Rosas y Ezcurra, por el Comercio Nacional de Buenos Aires.

INVITACIÓN

La Comisión Directiva se presentará en casa del Jefe Supremo de la Confederación Argentina a invitar a la Señorita Doña Manuelita.

Inmediatamente después se repartirán las tarjetas de invitación, sirviendo cada tarjeta para una sola persona.

Las tarjetas de señora serán de distinto color y tamaño a las de los hombres.

Al repartir las tarjetas se rogará a las personas invitadas que las devuelvan con anticipación en caso que no puedan asistir, por motivos plenamente justificados.

Las tarjetas serán presentadas por los concurrentes a la Comisión que recibirá a la puerta de la casa.

RECIBIMIENTO

Las comisiones, reunidas hasta el número de treinta personas, estarán precisamente en la puerta de entrada a las nueve de la noche.

A medida que las familias se vayan presentando, individuos de la Comisión acompañarán a las señoras hasta la puerta del salón de tocador; y esperarán allí a que las señoras salgan para conducirlas al salón del baile.

La Señorita Doña Manuelita y su comitiva...

-Porque quiero que vaya con ella Juanita Sosa -dijo S. E., interrumpiendo su lectura, y prosiguió en seguida:

La Señorita Doña Manuelita y su comitiva será acompañada en el mismo orden, por el presidente, y colocada en el salón, en el lugar de distinción que está destinado para ella.

Al presentarse la Señorita Doña Manuelita en el salón, se quemarán 21 bombas y la orquesta ejecutará la marcha nacional y el himno Loor eterno.

Entonces dará principio el baile.

Los caballeros dejarán sus sombreros y capas en la pieza destinada para esto, tomando allí un billete numerado.

Iguales billetes se darán a las señoras para reclamar después sus rebozos.

-¡Sus rebozos, Excelentísimo Señor!

-¿Qué, no está bien así?

-Yo pondría chales, o capas.

-¡Bah! ¡Lo mismo es! Bueno: chales; ya está -dijo después de haber puesto chales en lugar de rebozos, y prosiguió:

BAILE

El salón estará dividido en cuatro secciones, y dos bastoneros cuidarán del orden en cada una de ellas.

Los bastoneros llevarán un lazo de cinta punzó en el brazo izquierdo.

Una gran tarjeta anunciará lo que se ha de bailar, colocada al frente del galpón en que esté la orquesta.

-¿Cómo del galpón, Excelentísimo Señor? -le pregunté admirado.

-¡Pues! El lugar en que ha de estar la música.

-¡Ah, el palco!

-Vaya, lo mismo es -y escribió palco donde decía galpón.

En seguida continuó:

AMBIGÚ

A la una en punto entonará el coro el himno dedicado por el comercio a la hija del Jefe Supremo del Estado; y se abrirán las puertas del salón del ambigú.

Anticipadamente los bastoneros repartirán a sesenta caballeros tarjetas de entrada al comedor, para que cada uno conduzca a la mesa dos señoras a quienes atenderá en pie durante la cena; exceptuando de este orden la primera vez.

Algunos señores designados por la Comisión pronunciarán brindis alusivos a esta festividad.

Luego que dejen la mesa estas ciento veinte señoras, entrarán otras tantas conducidas por otros sesenta caballeros, a quienes se habrá dado billetes de entrada durante la permanencia de los primeros en el comedor.

Así sucesivamente serán llevadas a la mesa todas las señoras.

En seguida de ellas entrarán a cenar los caballeros, con tarjetas de entrada repartidas oportunamente. Durante todo el servicio deberá reinar el mayor orden, guardando en los brindis el decoro y la moderación necesaria para no emborracharse, y que exige la presencia de la hija de S. E., no obstante que pueden expresarse con entera libertad sobre el pérfido gabinete brasilero, y el loco traidor salvaje unitario Urquiza, y los infames unitarios, y sobre el titulado ejército que tienen.

RETIRADA

Cuando la Señorita Doña Manuelita se retire, acompañada en la misma forma en que fue recibida, ejecutará la orquesta los himnos nacional y Loor Eterno, se quemarán veinte y una bombas, y terminará el baile.

Las señoras y caballeros ocurrirán con los billetes que recibieron a su entrada, a recoger los objetos que les pertenezcan, teniendo mucho cuidado con las equivocaciones, y no permitiendo que entre Larrazábal hasta que todos hayan salido.

CARRUAJES

Para llegar a la casa del baile, los carruajes vendrán por la plaza de la Victoria y la calle Reconquista, y luego pasarán a la plaza 25 de Mayo, donde se formarán en orden a los costados de la Recova.

Al retirarse entrarán por la plaza 25 de Mayo, y seguirán por la plaza de la Victoria, y calle Reconquista.

El orden estará cuidado exteriormente por vigilantes de policía a pie y a caballo, investidos con facultades extraordinarias para los casos que ocurran.

FIN DEL PROGRAMA

-¿Qué tal?

-Superior, Excelentísimo Señor.

-Superior, ¿eh?

-Magnífico.

-¿Qué dirá Urquiza cuando lo vea?

-Se cae muerto, Excelentísimo Señor. Sin embargo se me ocurre una cosa: y es que si la señorita Manuela tiene la desgracia de enfermarse cuando entre a la sala, el baile se enferma y se muere, según lo que está dispuesto en el programa.

-Sí, pero no puede ser de otro modo.

-Claro está que no puede ser de otro modo -le dije, persuadido que el hombre está verdaderamente enfermo.

Y después de infinitos detalles que comunicaré a usted personalmente cuando nos veamos, me vine a mi casa con la misión muy ordenada y recomendada por S. E., de escribir los discursos que han de pronunciar en el baile los señores doctores don Baldomero García y don Lorenzo Torres.

Esto me incomoda, ¿pero qué he de hacer? El atraso de estos pueblos es lamentable, y un hombre como yo tiene que ser a cada momento incomodado por los que lo rodean.

Reservo todo lo que es de fondo y de alta política para el momento en que nos veamos, porque no tengo bastante confianza en las cartas, sin excluir las cartas geográficas y constitucionales, porque por las primeras más de un buque ha dado un tropezón contra las piedras, y por las segundas a más de un crédulo le ha pasado un chasco.

Así, mi querido amigo, crea que tengo más prisa por salirme de aquí que si estuviera interviniendo en algo; y más ganas de abrazarlo que si usted fuera Urquiza, y yo este pueblo de locos en que usted nació.

Dé usted muchos recuerdos a D. N. N, y a D. N. N., y espere a su apasionado amigo.

Francisco Anrumarrieta

Buenos Aires 29 de Octubre de 1851

Amigo mío: he comido por mí y por toda la federación, en el gran baile de anoche, y después de haber echado un sueño de ocho horas, me levanto bostezando a avisarle que dicen que todo ha estado muy bueno, aunque yo no he visto sino la mesa. En el Prince me voy a ver a usted cargado con todas las barbaridades que he oído y que he dicho; y entretanto le remito esos detalles que ha publicado el Diario de la Tarde.

Doña Mercedes Rosas con quien bailé una polca, según me lo dijeron pues yo no sé lo que bailé, le manda a usted muchos recuerdos; y le manda un abrazo su soñoliento y repleto amigo,

Francisco Anrumarrieta

LA ENTRADA

Desde que oscureció, todas las inmediaciones del Coliseo estaban lujosamente iluminadas, y desde temprano flameaban sobre las azoteas multitud de pabellones diversos, sobre los que se levantaba la bandera nacional. La fachada del edificio, merced a las reparaciones hechas, designaba ya la arquitectura del plano, y los postes en toda la extensión que abraza, cubiertos por altas columnas pintadas al mármol, contenían también brillantes iluminaciones y vistosas banderas federales. Cinco bandas de música militar colocadas en la plaza alternaban sus alegres himnos, y deleitando la numerosa asamblea de curiosos que poblaban las avenidas al Coliseo, saludaban desde el exterior la magnífica fiesta. Sobre los dos arcos principales de la portada, se leían al transparente las aspiraciones nacionales: ¡Viva la Confederación Argentina! ¡Mueran los asquerosos salvajes unitarios! ¡Muera el toco traidor salvaje unitario Urquiza!

A las 8 de la noche se elevó un globo majestuosamente de las azoteas del edificio, que, impelido por una brisa suave del río, tomó la dirección del oeste, como aéreo mensajero del júbilo de este pueblo.

La verja que da frente al sud daba entrada a los convidados. Este vestíbulo estaba lujosamente alfombrado hasta el cordón de la vereda. Los carruajes, que llenaban los términos del programa, se colocaban en orden en la plaza del 25 de Mayo. Una comisión como de veinte caballeros recibía las damas a la entrada y las acompañaba hasta los salones destinados a su toilette, donde los señores de la comisión habían previsto la más delicada asistencia.

GRAN SALÓN DE BAILE

Atravesando el extenso vestíbulo, se penetraba a una espaciosa antesala, cuyos tapices blancos y punzoes avivaban la luz de millares de bujías. Esta antesala era el tránsito inmediato al suntuoso salón de baile, de forma semicircular, y de una extensión de 30 varas de largo y 26 de ancho. El espectáculo que ofrecía desde el primer momento era deslumbrador, y la vista se perdía entre los adornos caprichosos, entre la multitud de objetos lucientes, entre el imán atrayente de las flores, entre el reflejo de multitud de espejos que reproducían por millares los encantos que encerraba aquel recinto feliz.

El pavimento, cubierto de paño punzó, daba una sombra más seductora a las gracias argentinas. La testera principal del salón contenía el estrado destinado a Manuelita Rosas, y a un cortejo de señoras respetables, esposas de los generales y camaristas del país que la acompañaban, y sobre el cual se habían colocado, entre banderas federales, los retratos del general Rosas y de su digna esposa. A ambos costados del salón, y a igual gradación, se extendían los asientos de las señoras, en tres órdenes. A una altura de seis varas, sobre la portada principal del salón, se elevaba el gran palco que contenía una numerosa orquesta, y desde allí se prolongaban a ambos costados dos extensas galerías para la concurrencia, cuya balaustrada de un exquisito gusto estaba cubierta de dorados tapices. A ambos costados del asiento de Manuelita, y sobre dos magníficos espejos, se veían dos cuadros colosales representando el uno a la América protegida por Apolo; y otro, a la Inocencia en peligro1. Todas las puertas que daban tránsito a los diversos departamentos estaban lujosamente colgadas de elegantes cortinados, sobre los cuales se notaba esta cifra: «J. M. R.», con excepción de uno de los frentes, que contenía las armas de la República.

El cielo raso, ejecutado con exquisito gusto, producía un efecto singular. Un sol con dorada cabellera servía de centro a los rayos atrevidos, blancos y punzoes, que cubrían la techumbre, y desde allí se desprendía una espléndida araña, de trescientas luces adornada de flores y de cintas. Seis arañas de cristal rodeaban aquel gran foco de luz, y el favor de sus bujías se combinaba diestramente con las luces fijadas al muro.

El esplendor y la hermosura, esta combinación seductora, fascinando el espíritu subyugaba los sentidos al imperio irresistible de ese laberinto embriagador de los encantos celestiales y de las armonías del cielo.

Entre esa magnífica constelación de estrellas brillantes se ostentaba la más luciente en el firmamento argentino, llevando tras sí las miradas generales, y arrastrando con la seducción de sus dotes preciosos el corazón y la mirada de los circunstantes. Manuelita Rosas estaba vestida con esplendor; su traje, de un considerable valor, era de una extrema elegancia. Preciosos brillantes adornaban su cuello delicado y su graciosa cabeza, y un vestido de punto bordado de oro, color punzó, ceñía su esbelta figura.

La heroína de la fiesta fue recibida, según el acuerdo del programa, por una comisión especial, y al presentarse en el salón, a las diez de la noche, se entonó la marcha nacional, y el himno Loor eterno al magnánimo Rosas.

Manuelita, invitada a iniciar el momento del baile, lo hizo con un gracioso minuet en que la acompañó el Sr. General D. Agustín de Pinedo, y desde ese momento se hizo general el movimiento. Las ligeras parejas se mezclaron ya en el rápido vals, las cuadrillas se sucedieron, los compromisos anticipados vieron llegar los instantes de una chancelación de seada, y aquel cuadro primoroso de animación y de vida fue agitándose más y más.

Luchando estaban en mí a abrazo partido el sueño y la vigilia, la pereza y el movimiento, cual si en mí estuviese personificado el pueblo de mi nacimiento, el martes último a las ocho de la mañana, cuando se entró a mi alcoba mi buen criado José con más desembarazo que una mentira de Rosas en las columnas de la Presse.

-¡Señor! ¡Señor! -exclamó José.

-¿Qué hay, José? -le pregunté incorporándome como si me hallara en el año 43 y creyese que alguien se podría entrar como por su casa, en el Estado Oriental y hasta la mía.

-Ahí viene, señor.

-¿Pero quién viene?

-Aquel hombre que parece dos hombres.

-No acierto por esas señas, muchacho; eso es muy común.

-Señor: es aquel hombre muy grande y muy gordo que se lo llevaron los diablos como decía su merced, cuando se lo llevaron los...

-¡Ah, sí, el señor don Francisco Anrumarrieta! ¡Acabaras! Dame la ropa, pronto.

Y en dos minutos me embrollé un vestido en el cuerpo, cual si mi cuerpo fuese la cuestión del Plata, y mi vestido un tratado francés.

Y no bien me ponía mi gorro de mañana, que no es por cierto el gorro de dormir de los ingleses, cuando sentí temblar el zaguán de mi casa bajo la vasca planta del antiguo recomendado de Alejandro.

-¡Mi amigo! -exclamó mi hombre, abrazándome la cabeza, única cosa de mi cuerpo que llegaba a su pecho, mientras yo extendía mis brazos por el óvalo de su barriga; quedando de ese modo él acariciándome la cabeza y yo acariciándole el vientre, ni más ni menos que si yo fuese Rosas, y mi amigo fuese el Almirante Mackau, que según las malas lenguas quedó muy contento con los pollos y gallinas que echó Rosas dentro de su estómago, en cambio del regalo que él le hizo a la cabeza de Su Excelencia en su famoso tratado.

-Siéntese usted, siéntese usted -le dije.

-Me siento, pero, ante todas cosas, ¿obró?

-¡Obró! ¿Quién, con mil diablos?

-¡La intervención! ¿No me entiende usted?

-¡Ah, la intervención! No señor, no ha obrado todavía. Pero no es tiempo ya de hablar de la intervención, señor Anrumarrieta.

-¿Cómo que no es tiempo? ¿Y mi historia? ¿Cómo quiere usted que deje incompleta mi historia?

-Al contrario; el modo que su historia de la intervención quede completa, es dejándola como el mundo sin principio ni fin. Pero le repito a usted, no hablemos de eso, yo tengo mis razones particulares para no acordarme de esa señora, ni de don N. N. ni de don N. N.

-Sea bien así; pero a lo menos dígame usted, mi querido, dígame usted -dijo el bilbaíno acercando su silla, y casi metiéndome los dedos por los ojos-, dígame usted, ¿qué es lo que aquí ha sucedido?

-¿Aquí?

-Sí, aquí.

-¿Y qué sé yo lo que ha sucedido?

-Pero usted no es hombre público, usted debe saber lo que ha pasado, ¿qué es lo que ha habido, pues?

-¡Ay, señor Anrumarrieta, la mano de Dios!

-La cola del diablo, señor redactor.

-Como usted quiera.

-Pero, en fin, ¿y el enemigo?

-No hay enemigo.

-¿Y el ejército?

-No hay ejército.

-Pero mis amigos de afuera, ¿qué se han hecho?

-Perfectamente buenos.

-¿Y los de adentro?

-Buenos perfectamente.

-De manera que todos...

-Todos estamos en una paz angélica, como si hubieran acabado de despertarnos de una pesadilla con el diablo, o cosa semejante que no falta en la tierra.

-Pero, ¿y las cuestiones pendientes?

-Resueltas.

-¿Tiene usted los tratados?

-No hay tratados.

-Pero en fin, ¿cómo se concluyó esto?

-Yo se lo explicaré a usted: se concluyó... Se concluyó porque se acabó.

-Usted se burla, señor redactor.

-¿Yo? Líbreme Dios de ello, estamos demasiado alegres para pensar en burlarnos de nadie.

-Sí, alegres mientras medio pueblo estará llorando por la sangre que se acaba de derramar.

-No se ha derramado ni una gota, señor Anrumarrieta. Es muy vulgar el que una cuestión, como las que solemos tener por acá, se concluya con sangre; lo original es que se acabe sin costarle un cabello a nadie.

-¡Otra te pego! -exclamó el bilbaíno.

-¿Cómo?

-Que cada vez entiendo menos este negocio.

-Y yo también. Pero lo cierto es que ya no hay sitio, que ya no hay ejército de Rosas, que todo el mundo está en paz y va a tener lo suyo, que va a haber elecciones, diputados, presidente, paseos a caballo, casas de campo para alquilar, carne que venga por tierra, leche sin agua de arroz, esencia de libertad de imprenta sin agua de rosas.

-¿No cree usted, mi querido amigo -dijo mi bilbaíno pasándose la mano por los labios-, que todo esto sea efecto de la propaganda política y democrática que establecí entre mis amigos antes de mi arresto, en lo que era antes el campo sitiador?

-No, mi caro. Yo creo que esto no es otra cosa, sino que en el reloj del destino ha sonado cierta hora para ciertas cosas y ciertos hombres, y que el señor general Urquiza está encargado no sé por quién de anunciar por estos barrios de América que ha sonado la consabida hora; y como las leyes del destino no tienen apelación, los que lo oyen dicen, unos que es la hora de comer, otros la de dormir, otros la de trabajar, otros la de levantarse y ver cómo está la casa; pero ninguno ha dicho que es la hora de pelear, porque eso es lo que no quiere el señor destino, que se hace oír de todos por la boca del general.

-¿De manera es, que no está loco?

-Hombre, yo a veces creo que sí.

-Lo cree usted, ¿eh?

-Sí, mi querido señor; a veces creo que sí, por cuanto todos nuestros hombres cuerdos han hecho precisamente lo contrario a lo que veo que hace el general Urquiza; es decir, todos poco más o menos han propendido a que nos lleve el diablo; y nuestro hombre actual está propendiendo a sacarnos de sus garras. De lo que deduzco por una lógica tan severa como la de intervención francesa, que el general Urquiza no está en su juicio, pues que hace lo contrario de lo que han hecho los hombres que lo han tenido por quintales, según el respetable tribunal de la opinión pública, que jamás se equivoca, a excepción de cuando no acierta.

-De modo que él vino...

-Vino por una puerta, salió por otra, y se fue a metérsele a Rosas por la ventana.

-¿Y lo ha visto usted?

-¿A quién, a Rosas?

-No, a Urquiza.

-¡Pues no lo he de haber visto!

-¿Y qué tal, es un grande hombre, eh?

-¿Quién, Urquiza?

-Sí.

-No, señor; es un hombre de regular estatura; lo único que tiene grande son las manos: con una se ha agarrado el presente, y con la otra el porvenir. Lo que lo hace parecer grande, es la ropa que usa. ¡Qué bolsillos, señor Anrumarrieta! Mire usted: en uno del pantalón se ha metido al ejército de Rosas; en el otro lado su prestigio; en uno del chaleco se ha metido toda la actualidad, y le ha prendido un alfiler para que nadie meta la mano a revolverla; en el otro se ha guardado todas las esperanzas de seis cientos mil hombres; entre una de sus botas granaderas se va a meter a Rosas; entre la otra a todos cuantos quieran defenderlo, y con toda esta carga a cuestas se va derecho a vaciar los bolsillos sobre la mesa presidencial del

Congreso, para dejar sus cuentas chanceladas con el presente; pasando en seguida a conversar con el porvenir.

-¿Conque decía usted que se le va a entrar por la ventana?

-Y por los fondos, y por la azotea y por todas partes, y que lo va a hacer salir por el albañal; eso decía, sí, señor.

-¿Me permite usted el pulso, amigo mío?

-¡No, señor Anrumarrieta, porque estoy muy sano, gracias a Dios!

-Es que yo noto en usted los mismos síntomas de la manía común a todos sus paisanos en Buenos Aires. Todos creen lo mismo que usted acaba de decir; y yo tengo mis motivos para creer que el loco no ha hecho ciento, sino un millón.

-Sus motivos, ¿eh?

-Pues, hombre de Dios, no he de tenerlos cuando observo que todos están viendo que se les cae la casa encima, y se están entreteniendo en bailar.

-¡Hola, ni me acordaba! ¿Y cómo le fue a usted de jarana?

-¡Qué pavos, amigo mío, qué pavos engordados por Riglos!

-Pero el baile, ¿qué tal?

-¿El baile? Oh, magnífico. Pero sobre todo la mesa. ¡Qué mesa!

-Está bien. Después me hablará usted de la mesa; pero hágame usted una descripción del todo.

-¡Válgame Dios! ¿No publicó usted ya la primera parte de la descripción?

-Sí, ya.

-Bien, lea usted la segunda, lea usted -y mi bilbaíno me dio un Diario de la Tarde, donde leí lo siguiente:

GRAN BAILE

Dado por el Comercio Nacional de Buenos Aires a la Señorita Doña Manuelita de Rosas y Ezcurra, en la noche del 28.

[Conclusión.]

IV

OTROS SALONES Y EL JARDÍN

La ambición, inherente al corazón humano, no nos permite detenernos dentro del gran salón por más tiempo; nos es preciso tomar posesión también de los demás departamentos, seguir esa columna movible de figuras de ángeles; obedecer al fluido atrayente de la hermosura, y dejarse arrastrar por el sonido fascinador del raso y de las sedas, o por el aroma favorito que sabemos descubrir entre aquella competencia de sabrosos perfumes. Las luces brillantes del salón, la música, los centenares de parejas que se agitan rápidamente, es un espectáculo que no nos hace olvidar los favores de una brisa fresca, ni el aura que se desprende de las flores del tiempo, ni las emanaciones divinas de las fantásticas fuentes de agua. Todo eso lo encontramos por fin, sin más que dejarnos arrastrar por la imitación de algunas fatigadas parejas.

Entramos por una puerta hacia la izquierda y nos hallamos en un salón cuadrilongo de 14 varas de largo, cuyas paredes vestidas de blanco y punzó hacen un efecto precioso y favorecen más aún la riqueza de los muebles elegantes que lo rodean, los cuadros que adornan sus paredes y las arañas de bronce que lo iluminan. Damas y caballeros lo pueblan momentáneamente, y activos sirvientes les presentan con profusión delicados refrescos, dulces exquisitos y ligeros manjares con que obsequian a sus graciosas parejas. En un salón inmediato a que solo tienen entrada los caballeros, se sirve también con profusión toda clase de sorbetes, de licores, y otras bebidas exquisitas.

Este ameno salón se comunica por un ligero pasadizo con asientos de mármol al primoroso jardín. Qué efecto tan lisonjero, qué sensación tan grata presenta aquel contrate singular con el ruido animador del salón de baile, con el esplendor y la riqueza deslumbradora que allí se ostenta. La luz del jardín es opaca e imita los favores de una luna de diciembre; su techumbre circular deja caer graciosamente las ramas frescas del sauce, y entre su verdi obscura sombra, duermen preciosos canarios en sus jaulas de bronce. Copas de mármol blanco contienen plantas exquisitas de rosas, que se brindan a la mano torneada de la belleza, y mezclan su aliento a los cedrones y al clavel. Estatuas de mármol, representando las cuatro estaciones, tienen allí su lugar, y cómodos asientos de mármol, también de una forma agreste, rodean una alta fuente que está en el centro, en forma espiral, vertiendo una columna de agua que brilla al reflejo de la pálida luz. Es aquélla una mansión de encanto, un sitio de frescura embriagadora, donde apenas llegaban los ecos apagados de la música a confundirse con el compasado son del agua, o con el susurro apasionado de los misteriosos diálogos. Las telas exquisitas y los encajes, las flores, las plumas y los brillantes, eran una ironía encantadora en aquel recinto agreste, donde el césped y los árboles osaban disputar la hermosura a los tapices dorados y a la luz de los salones...

Tres salones ricamente amueblados estaban reservados al retrete de las damas, donde esperaban a sus órdenes, inteligentes sirvientas. Divanes cómodos les brindaban un descanso momentáneo, cortinados exquisitos las guardaban como cerrojos de seda a las miradas importunas, espejos lucientes eran los confidentes con su propia hermosura; cuadros espléndidos decoraban sus paredes, y flores delicadas, y guantes y zapatos y perfumes estaban prontos a reparar los incidentes.

El retrete de Manuelita Rosas era propiamente una mansión de ángeles, un gabinete que Venus prestó al Olimpo de la tierra. La coquetería más espiritual ha guiado la inspiración de esa obra. Muselinas delicadas, albas como la nieve, cubrían el muro de ese ligero pabellón y recibían un viso casi imperceptible de sedas color de rosa; anchas franjas doradas se dilataban sobre el muro como lujosos bastones, que, unidos en la bóveda del techo por una borla preciosa, contenían una lámpara caprichosa. Los muebles, todos tan ligeros como lujosos, se combinaban con aquel recinto aéreo, y completaban un golpe de arte y de poesía: digno recinto de la más preciosa hija del Plata, aprovechado dos noches antes por la señora doña Mercedes Rosas en alguno de los continuos caprichos de su fantasía.

V

EL AMBIGÚ

Un espectáculo de otro género presentaba el salón destinado a la cena, donde el esplendor y la opulencia no cedían al buen gusto y a la inteligencia de los señores de la comisión que fueron encargados de este ramo difícil. Ésta estaba compuesta de los señores D. Miguel de Riglos, D. Manuel José Cobo, D. Antonio Terreros, D. Manuel José Guerrico y D. Diego Alvear.

Una ancha división separaba el salón de la cena, del recinto del baile. La altura de esta muralla de adornos era como de seis varas, y se unía con la techumbre por medio de cuatro columnas primorosamente istriadas: entre cada una de las columnas pendía una araña de cristal, que repartía su luz entre el salón de baile y el espléndido comedor.

Sus murallas, vestidas de fondo blanco, se matizaban por anchos bastones color de oro, y las puertas de entrada, cubiertas por cortinados de seda o pintadas con riquísimas alegorías o fantásticos caprichos, presentaban un cuadro suntuoso. Sobre una de ellas, estaba colocado un escudo en que se leía en letras de oro «¡Viva la Confederación Argentina! ¡Mueran los salvajes asquerosos unitarios! ¡Muera el loco traidor salvaje unitario Urquiza!». En otro escudo con letras de oro, estaba esta oportuna inscripción a la heroína de la fiesta: SALUD A MANUELITA ROSAS. Extensos óvalos, iguales a los del salón principal, contenían vistosas pinturas mitológicas. La Fuerza, Diana Cazadora, Minerva, Eurania, el rapto de Elena. La techumbre, idéntica a la del salón, estaba unida en el centro por una inmensa guirnalda de flores artificiales, y desde allí se desprendían vistosas arañas. Una ancha cenefa punzó, en forma de escudos romanos, sostenía en cada uno de ellos la inicial de Manuelita, bordada color de oro.

A la una de la noche se abrieron las puertas de este suntuoso salón, y los caballeros que habían sido encomendados, introdujeron las damas designadas en sus tarjetas. El caballero Southern, ministro de Inglaterra, condujo a Manuelita Rosas y tomó asiento a su lado. A la izquierda de Manuelita estaba el asiento del señor ministro de Hacienda, Dr. D. Manuel Insiarte, en otro extremo, haciendo de vicepresidente de la mesa, estaba el general D. Tomás Guido, el Sr. general Pinedo, el Sr. general D. Prudencio Rosas, y otros jefes del ejército, altos funcionarios, caballeros de distinción, y personajes del cuerpo diplomático, tomaron otros asientos de preferencia por el orden de su categoría.

Entre éstos se hallaba el distinguido escritor D. Francisco Anrumarrieta, natural de Bilbao, que hace dos meses está entre nosotros haciendo estudios políticos y filosóficos.

Las mesas, colocadas con habilidad para la comodidad y para el efecto, ofrecían el más animado aspecto. El servicio profuso y delicado en los manjares más exquisitos, en los vinos más selectos, no sólo era irreprochable, sino que atestiguaba la largueza de sus directores, y la inteligencia y el esplendor que se había empleado. A los sabrosos manjares que cubrían la mesa se unía el auxilio deslumbrador de los objetos de adorno: multitud de candelabros de formas caprichosas y de costoso precio; vasos de plata y de oro conteniendo flores y frutas, macetas esmaltadas de flores o con fresas, ramilletes en forma de rotunda o formando preciosas glorietas, dan una idea bien pequeña de aquel recinto digno de la asistencia que lo poblaba, y de los caballeros que lo disponían. Ciento y sesenta personas a la vez se sentaron a la mesa, y después de algunos momentos empleados en esa cortesía esmerada del servicio recíproco y de los cumplimientos alternativos, tomó la copa el Sr. ministro de Hacienda y propuso un brindis.

Pero de todos los brindis, aquel que hizo mayor impresión en el ánimo de los concurrentes, por su nervio, su elocuencia y la extensión y profundidad de sus miras, fue el siguiente del señor D. Francisco Anrumarrieta:

«Indianos: vosotros estáis cenando en este momento, y haréis bien en no desperdiciar vianda de este espléndido ambigú dado en obsequio de la hija del señor Jefe que no ha podido asistir porque conserva el luto por su bien amada esposa que Dios tenga en su gracia; haréis bien, decía, porque no sabéis si almorzaréis mañana.

»El mundo nos contempla en este momento (aplausos), y estos pavos que ha engordado el señor Riglos van a pasar con nosotros a lo más remoto de la posteridad.

»La humanidad está conmovida, y tocada como el espíritu de vuestro jefe, y la América entera se balancea sobre sus pies, como dentro de un momento habrá de balancearse mi distinguido colega el señor Southern.

»¿Y por qué todo eso, indianos? Porque la santa causa del Jefe Supremo no supo elegir los manjares a propósito para la más fácil digestión. Comió de todo, y una apoplejía fulminante ha entorpecido todas sus funciones animales, y se halla próxima a la disolución de su organismo. (Rumores sordos).

»¡Quién sabe, señores, sin embargo, si no es todo esto una combinación del genio político de ese grande hombre que ha acabado de serlo después de mis últimas conferencias con él! Si morís de la apoplejía de la causa, o de esa epidemia mental que yo veo desenvolverse bajo estos climas, morid en la creencia de que no morís, por cuanto todo ha de ser obra de alguna alta combinación de ese genio creador que con su dedo estratégico ha de delinear el plan de las futuras victorias, como acaba de decir muy bien el ilustre general Pacheco en la Sala de Representantes; aun cuando los salvajes unitarios dicen que esta vez S. E. se va a meter el dedo en el bolsillo.

»Os parecerá que os va a llevar el diablo, pero no lo temáis, señores diputados y generales que me oís, porque S. E. no os quiere llevar a ninguna parte, ni dejaros llevar por nadie. Creed que todo lo que os suceda es la obra de su genio. Y cuando os digan que está ahorcado o que está abordo, no lo creáis tampoco y manteneos firmes e inconmovibles en vuestras bases de granito, porque velan por vosotros el héroe vivo y la heroína muerta.

»Y así, pues que todo no es sino engaña pichanga cuanto os va a suceder, aprovechaos como yo de esta opípara mesa, pues aunque sea en chanza puede que no comamos mañana. Dejaos de bailar, porque demasiado vais a bailar en adelante, y comamos y bebamos a nombre del esposo y su difunta, y hasta de su hermana doña Mercedes, mi respetable compañera de estudio y otras cosas». (Bravos prolongados).

El Sr. general Guido, como vicepresidente de la mesa, propuso un brindis a la salud de S. M. la reina Victoria, que fue correspondido con viva y respetuosa simpatía a aquella augusta dama.

El Sr. Southern, ministro de la Gran Bretaña, propuso beber por la dicha perdurable de S. E. el general D. Juan Manuel de Rosas, Jefe Supremo de la Confederación Argentina, y por la de su amable y virtuosa hija, tan admirada, no sólo de sus compatriotas, sino de todos los extranjeros que han tenido la fortuna de conocerla.

El Sr. Dr. D. Baldomero García habló en seguida. El Sr. Dr. D. Lorenzo Torres, el Sr. D. Adeodato de Gondra, el Sr. Vélez y el Sr. general Pinedo, que levantó la copa en honor a las glorias del general Rosas, y al exterminio de sus enemigos. En todos los discursos reinó la animación que inspiraba una fiesta tributada en honor de Manuelita Rosas, el modelo exquisito de la sociedad argentina, y el centro de las virtudes y de la gracia porteña; en todos los discursos el patriotismo y la admiración por la gloria de que llena su patria el Jefe Supremo de ella, y por la indignación que provoca la traición del loco Urquiza, el vil gabinete del Brasil, su aliado, y el bando de salvajes unitarios.

Alternativamente fueron cambiando sus asientos todas las damas y caballeros asistentes al baile; pero Manuelita Rosas, con su deferente bondad, se mantuvo en su asiento para acompañar a sus compatriotas.

VI

Ya la aurora mezclaba su luz matinal y empalidecía el brillo de las bujías sin marchitar siquiera el ánimo de la concurrencia, y las demostraciones generales revelaban el interés de ver a Manuelita en su favorito Federal, donde sabe derramar todos los resortes de su gracia. Con efecto, prestose esta amable dama y ejecutó esta graciosa danza nacional entre los aplausos de los circunstantes.

A las siete de la mañana se bailaba aún; pero el día, empujando a un reposo necesario a aquel alegre concurso, dejó poco a poco un recinto que servirá por muchos días al recuerdo de la sociedad argentina.

-¿Y bien? ¿Qué le parece a usted? -me preguntó el señor D. Francisco.

-¿A mí? Mire usted: a mí me parece que lo malo que ha tenido este baile es que no se hubiese postergado para diciembre o enero, con eso bailábamos todos. Por lo demás, a mí me parece muy bueno.

-¡Oh, ha sido espléndido!

-¿Y qué es lo más notable que usted encontró allí?

-Hombre, lo más notable fue un pastel...

-Por amor de Dios, ¡si yo no le hablo a usted de la cena!

-¡Ah! Bien, bien... Lo más notable entonces fue que sólo mi brindis entusiasmó. Noté algo de entierro en el baile; algo como de no haber gana de comer ni de beber; algo... Qué sé yo. Algo de miedo a que se oyera por allí algún clarín de Urquiza haciendo las veces de la trompeta final.

-¿Y el edificio es bueno?

-Magnífico.

-Se lo preguntaba a usted porque hemos de necesitar allá para el mes de mayo o junio del año que viene un buen edificio para cierta corporación que ha de reunirse. Y a propósito de ello, dígame usted, señor Anrumarrieta, qué ha sacado usted en limpio de sus estudios; qué se opina en Buenos Aires sobre la revolución actual; ¿gusta o no la idea del congreso?

-Superior. Ya me dio usted en la tecla: traigo escrito un examen moral y político de todos los habitantes de esa tierra, que es de chuparse los dedos.

-A ver; a ver el examen.

-Despacio; no le traigo conmigo. Está entre mis papeles. Pero se lo traeré a usted esta semana sin falta. Ahora no hablemos más de esto, porque me voy; voy a desembarcar mi equipaje y a hacer una visita a mis amigos de afuera.

-Ahora ya no hay adentro ni afuera, señor Anrumarrieta.

-Eso mismo le decía yo a Rosas: no hay afuera ni adentro para V. E., Exmo. Señor; no hay más que , por cuanto V. E. está expuesto a que lo ahorquen.

-Se lo decía usted, ¿eh?

-¡Toma! ¡Tendré yo pelos en la lengua como mi colega Mercedes en la barba! Con que, adiós, mi querido amigo.

-Adiós, mi querido D. Francisco, que no se convierta usted en tratado y vaya y no vuelva.

-No, no; me volveré y me dejaré estar, como si estuviese esperando una ratificación. Adiós, ¿eh?

-Adiós, señor Anrumarrieta.

Y se fue mi amigo y me quedé yo, solo mi alma después de tan inmensa compañía, como a más de uno le ha pasado en la vida.

(La Semana, n.º 27, noviembre 10 de 1851, pp. 249-256)